Le guetteur

DU MÊME AUTEUR

Les sept vies de Yasser Arafat, *avec Jihan El-Tahri, Grasset, 1997.*
Chirac d'Arabie. Les mirages d'une politique française, *avec Éric Aeschimann, Grasset, 2006.*
Minerais de sang. Les esclaves du monde moderne (photographies de Patrick Robert), *Grasset, 2012 ; Folio Actuel n° 156.*
La cache, *Stock, 2015 ; Folio n° 6230.*

Christophe Boltanski

Le guetteur

roman

Stock

Couverture : Coco bel œil

Illustration de couverture : DR

© Éditions Stock, 2018.
ISBN : 978-2-234-08171-0

À Julia et Camille

« Par-delà des vagues de toits, j'aperçois une femme mûre, ridée déjà, pauvre, toujours penchée sur quelque chose, et qui ne sort jamais. Avec son visage, avec son vêtement, avec son geste, avec presque rien, j'ai refait l'histoire de cette femme, ou plutôt sa légende, et quelquefois je me la raconte à moi-même en pleurant. »

Baudelaire, *Le Spleen de Paris*

« À force de vivre des choses horribles, on finit par écrire des choses horribles. »

Michel Simon dans *Drôle de drame*

Suis-je le seul à l'espionner ? Je l'aperçois à travers la vitre embuée du café. Posée sur la banquette en skaï jaune, droite comme une ballerine, elle écoute deux garçons qui se font face. Fidèle à son habitude, elle fume une cigarette. Les volutes bleuâtres de sa Gauloise nimbent les contours de son visage et l'amènent à plisser ses yeux bruns. Elle correspond aux photos que j'ai conservées d'elle. Avec son attitude réservée, discrète, presque boudeuse, son pantalon pied-de-poule, sa marinière à rayures, ses souliers plats et sa frange longue, lissée à droite, qui lui barre la vue et qu'elle s'évertue à repousser d'un bref battement de tête, elle paraît vouloir imiter une chanteuse yé-yé à la mode, plus jeune de quelques années, dont elle partage le prénom.

Ses compagnons, jambes étendues, épaules voûtées, affectent une allure plus décontractée, presque avachie. Le premier tient le rôle du boute-en-train. Le second, celui du beau ténébreux. Elle trône entre les deux. Avec son port haut, elle les domine d'une mèche malgré sa petite taille. Le cendrier plein et les tasses vides accumulés devant eux témoignent qu'ils sont assis là depuis longtemps. Ils occupent la table du fond, celle qui jouxte la cabine de téléphone couverte de dessins phalliques et de graffiti à la gloire du lettrisme. Manteaux en boule, piles de livres et de journaux, ils s'étalent, ils prennent racine, comme si ce recoin plaqué de plastique stratifié leur appartenait. Le plus enjoué des trois passe commande, fouille dans sa poche, compte ses sous, lève à nouveau la main, bredouille ce qui ressemble à des excuses. Après plusieurs allers-retours, le serveur à gilet revient avec une demi-portion de frites.

Part réduite de moitié et petits soins. L'attitude du garçon à leur égard confirme leur statut d'habitués. De toute évidence, La Fourchette, snack-bar franchouillard de la rue de l'École-de-Médecine, constitue leur quartier général. Difficile, à cet instant, de définir la nature des liens qui les unissent. En revanche, leur occupation se devine aisément. Ce sont des étudiants en lettres, comme le dénotent leur âge, leur mise affranchie des codes vestimentaires de l'époque, leur condition économique précaire sans être miséreuse, le quartier où ils évoluent, à mi-chemin entre le boulevard Saint-Michel et la place de l'Odéon, leur apparente oisiveté, le simple fait qu'ils soient là, dans un café, un après-midi de semaine, et non pas dans un bureau ou, pis, de l'autre côté de la Méditerranée, un uniforme sur le dos et la trouille au ventre.

Afin de saisir des bribes de leur conversation, je pousse la porte de mon imaginaire et m'accoude au comptoir. Qu'est-ce que vous prenez ? me demande une femme-tronc, chef d'un orchestre de percolateurs et de tireuses à bière. Je ne me formalise pas de son ton revêche que j'attribue autant à sa pratique professionnelle, celle de tenancière d'un troquet parisien, qu'à une trop longue fréquentation d'une clientèle estudiantine et désargentée. Contrairement à son employé, elle paraît ne plus supporter tous ces parasites qui confondent son mobilier en similicuir avec des bancs publics. Je l'entends bougonner en briquant une soucoupe avec son chiffon : « Ce ne sont pas des consommateurs, ils ne boivent rien ! »

La salle sent le tabac gris et l'eau de Javel. Quelqu'un entre, on quête son salut, on l'interpelle, on lui lance un sourire de connivence, on lui serre la dextre, on le congratule. Ce n'est plus un débit de boissons, mais un club privé, un aréopage de membres cooptés. Carabins d'un côté, sorbonnards de l'autre. Fraternités réunies par amphis, convictions ou goûts musicaux. Presque autant de filles que de garçons. Plus de couples que de polycopiés. La Fourchette, c'est un café où l'on vient draguer.

Un nouveau venu, vite repéré à son air halluciné, fait son apparition. Après avoir balayé la salle du regard, un regard de myope, perdu dans le vague et filtré par de grosses lunettes rectangulaires, il s'approche du trio d'un pas mal assuré, comme s'il marchait dans l'obscurité. Un visage rond, encore enfantin, des cheveux noirs et crépus, il porte une chemise à carreaux fermée jusqu'au col, un pull épais, des mocassins fatigués, nécessitant un bon coup de cirage, et une veste en daim au revers molletonné d'où dépasse de la poche une revue de poésie reconnaissable à sa minceur et à la sobriété de sa couverture. Il tend l'oreille en ouvrant la bouche car il souffre aussi de surdité. Il ne semble connaître personne à part l'éternel railleur de la bande qui lui désigne une chaise et le présente au reste de la tablée.

Pendant un instant, chacun se jauge, se renifle, relève les babines, montre les dents, émet des signes discrets relatifs à son origine sociale et son orientation sexuelle, capte des molécules suspendues dans l'air, filtre des fréquences sonores, guette chez l'autre un geste, un mouvement de tête, une inflexion de voix susceptible de le trahir. Quelques échanges de salutations et de phéromones plus tard, les voilà tous assis. Pour se donner une contenance, l'inconnu sort une pipe et la coince entre ses lèvres sans l'allumer.

Le groupe qu'ils forment à présent suit un schéma assez classique : les deux premiers garçons, le nouvel arrivant et son ami jovial, témoignent de leur empressement pour la fille qui ne cache pas son attirance pour le troisième, en dépit du fait ou peut-être, précisément, parce que celui-ci affecte à son égard une indifférence dont il est malaisé de dire si elle est feinte ou sincère. Impossible à ce stade de deviner que c'est l'outsider qui va remporter la course.

En attendant, ils ont des choses plus austères à discuter. Pour pouvoir s'entretenir en toute tranquillité, ils alimentent le juke-box en pièces de monnaie. Leur conversation se mêle à la voix stridente de Marvin Gaye, puis à celle plus grave de Sarah Vaughan. Des pieds bibopent sur le carrelage. Entre deux disques et avant que le saphir planté au bout du bras en bakélite ne touche le fond du sillon, j'entends parler de peuples frères, de gouvernement impérialiste, de vérité révolutionnaire. « Notre sort est lié au leur, s'écrie le ténébreux qui, visiblement, exerce sur la meute un pouvoir sans partage. Leur violence qui au quotidien nous est étrangère est objectivement la nôtre. Il faut sortir de la passivité et reprendre l'initiative. »

« *Quand il l'appela, elle était dans la salle de bains.
Il avait choisi le moment avec soin
et décidé, pour cette première fois, de ne rien dire.* »

J'aurais pu ne jamais savoir que ma mère écrivait. Ou plus exactement qu'elle avait tenté d'écrire. La chemise plastifiée bleu iris, retenue par deux élastiques, reposait dans le tiroir de sa table de chevet. Je faillis la jeter, comme le reste. Elle attira mon attention à cause de son étiquette collée sur la tranche : « Dossier Polar ». Une mention plutôt ludique, vu les circonstances, propre à éveiller la curiosité. Je l'ouvris sans craindre de violer un secret. Elle contenait des notes sur le Prozac – « un nouvel antidépresseur avec très peu d'effets secondaires » –, le virus du sida et ses premiers traitements, une étude de nature scientifique consacrée aux agresseurs sexuels, de nombreuses coupures de presse datant de la fin du XXe siècle et des textes rédigés à l'encre violette, sa couleur fétiche, d'une calligraphie ample, régulière, aux jambages finement ourlés, puis tapés à la machine, numérotés, quelques ratures ou rajouts, presque pas de fautes de frappe. Des débuts de romans. Plusieurs tentatives qui toutes s'interrompaient d'un coup, à la fin d'un paragraphe, au bout de cinq ou six pages.

Je refermai la pochette, la glissai dans ma besace et repris mon travail d'éradicateur. Six mois après le décès de notre mère, ma sœur Ariane et moi effacions ses traces. Nous déménagions son appartement comme on siffle une bouteille, d'un trait, dans un état proche de l'ébriété, pressés d'en finir, avec la hâte, la sauvagerie de ceux qui commettent un forfait. Nous vidions ses placards, ses commodes, sa minuscule buanderie sans faire le tri, sans même regarder. Nous marchions hébétés parmi ses robes, ses manteaux, ses draps, ses chaussures dépareillées, une mer de vêtements pareille aux vies anonymes répandues sur le sol après un séisme. Sans elle, ce n'était plus que de la fripe que nous enfournions d'un geste mécanique dans de grands sacs-poubelle, direction Emmaüs. Rien ou presque ne devait lui survivre. Bouquins fourgués au poids à un libraire d'occasion, mobilier bradé ou donné. Des meubles Directoire, années 1930 ou alors chinois, laqués rouge vermillon, qu'elle avait choisis avec soin, parfois achetés fort cher à des brocanteurs, les mêmes qui acceptaient de les reprendre gratis, non sans rechigner, comme s'ils nous faisaient une faveur en emportant tous ces encombrants.

Nous jetions le plus possible de choses. En commençant par ce qui l'embarrassait déjà de son vivant : ses journaux couverts de poussière, ses vieux *Libé*, accumulés sur plusieurs années, aux premières pages devenues brunâtres, des piles entières de guerres, de faits divers et de mises en examen qui montaient jusqu'au plafond. Dans sa cuisine en enfilade, des sacs pleins de sacs, un fouillis de polyéthylène, contenants et contenus entremêlés, des appareils électriques frappés depuis belle lurette d'obsolescence, et des cimetières de bouteilles vides, amassées en guise de souvenir ou dissimulées comme autant de pièces à conviction. Dans ses tiroirs, des talons de Carte bleue, des tickets de caisse, des publicités pour de pseudo-ramoneurs. Elle gardait tout.

La table en acajou du salon supportait son existence entière de contribuable, d'assurée sociale, de copropriétaire, de mutualiste, d'abonnée au câble, d'usager du gaz et de l'électricité. Des liasses de quittances, parfois d'un autre millénaire, classées par organisme encaisseur et ordre chronologique. Sur chacune, ma mère avait écrit « payé » en précisant la date. Pas de mise en demeure, ni même de lettre de rappel. Elle qui, autrefois, accumulait les interdits bancaires ne laissait aucune dette. Jeunesse à crédit, mort au comptant.

Il fallait faire vite. Le jour de la vente approchait. L'appartement devait redevenir ce qu'il était à l'origine. Une page blanche. Des pièces dénuées de fonction, réduites à quatre murs et une porte. Un lieu débarrassé des épreuves, du désœuvrement et des quelques moments de joie dont il avait été le témoin, de la fable qui accompagne chaque espace afin de permettre aux repreneurs de modifier sa disposition, de le refaçonner, surtout de le refictionner, de lui procurer une nouvelle identité. Un logement est un peu comme un agent secret qui change de nom au gré de ses missions. Ou un éternel palimpseste.

Mais que faire de ses lettres d'amour conservées précieusement par-delà les séparations ? Elles dormaient en haut de l'armoire, dans une boîte à chaussures, avec leurs enveloppes décachetées, le timbre libellé en francs, le tampon de la poste à moitié effacé. Impossible de les lire, encore moins de les renvoyer à l'expéditeur. On se regarda, ma sœur et moi. J'ai oublié qui des deux désigna la poche de plastique noire d'une capacité de cent litres avec liens coulissants, déjà à moitié remplie de bibelots divers.

Et ses cahiers ? Ils occupaient plusieurs rayonnages. Des blocs quadrillés recouverts de chiffres et de mots. Carnets intimes, livres de comptes ? Pas le temps ni la force de les examiner. Pour tout dire, nous avions les jetons de ce que nous pouvions y trouver. De vieux secrets d'alcôve, des regrets déchirants ou, pire, d'interminables récriminations, épanchements bilieux ou salmigondis amers qui sont le fruit de la solitude. Ils subirent le même sort que tout le reste. Au moment de faire disparaître les derniers, j'eus une hésitation. J'en sauvai une dizaine, sans trop savoir pourquoi. Ils rejoignirent au fond de mon sac la chemise bleue et son tissu d'intrigues.

« Vladek avait marché à grands pas pressés le reste de la nuit, rythmant sa course d'inspirations profondes, afin de calmer les battements qui lui martelaient la tête. » En lisant la première phrase de son premier livre, ou du moins de celui qu'elle projetait, je ressentis une très forte émotion, semblable à celle d'un explorateur qui pose le pied sur une terre vierge ou supposée telle. La femme que je croyais connaître n'écrivait pas. Hormis des cartes postales. À raison d'une par an. Un message bref – « Bon anniversaire, Maman » – rédigé derrière une affiche de film de gangsters.

Elle nourrissait une véritable passion pour les polars. Elle les avait tous vus. En noir et blanc, au cinéma, sur les Champs-Élysées, quand ses parents la croyaient au lycée, avec Jean, son petit frère, compagnon buissonnier. Tous lus. Dans la collection Le Masque ou la Série noire. Son appartement en était plein. Des meurtres à élucider, par centaines, agglutinés les uns contre les autres. Ils tapissaient les murs, formant un rempart de papier inexpugnable, un bouclier protecteur contre tous les méchants, comme ces paumes de main pleines de sang apposées à l'intérieur des maisons arabes afin d'en chasser les mauvais esprits.

Je la revois étendue sur son lit, à longueur de journée, le nez plongé dans l'un de ses thrillers favoris au titre accrocheur, jeux de mots faciles en lettres jaunes sur fond noir qui me font encore rire – *Fauve qui peut !*, *Le rouge est mis !*, *Le Corbillard de Madame*, *Un fil à la gorge* –, avec, à ses côtés, son éternel bol de Nescafé au lait sucré, sa principale source nutritive, et une Gauloise brune sans filtre, pendue dans sa commissure ou réduite à une tige neigeuse sur le rebord de son cendrier en cuivre.

De grosse consommatrice, elle était passée au stade de la production. Elle voulait finir ses jours en reine du crime à cheveux blancs, écrivant des best-sellers sur son Olivetti. Un modèle mécanique, incapable qu'elle était de se servir d'un appareil postérieur à la découverte de l'électricité. En hommage aussi à ses auteurs fétiches rivés à leur Underwood. Une machine posée bien en évidence, avec son encreur noir et rouge qui, avec le temps, avait fini par sécher, dans la salle du fond où elle n'allait plus. Une chambre d'écrivain. Une pièce en quête d'auteur, pareille à un décor, avec son bureau en chêne vermoulu, sa chaise américaine à pivot. Un musée, celui de ses rêves inachevés.

Meurtrier lâché dans la ville, cadavre encore chaud sur le macadam, grand frère en embuscade, père abusif vissé à son fauteuil, gestes lents, gainés de latex, de l'identification judiciaire, adolescente réfugiée au troisième palier de l'escalier C. Tout était là en germe. Énigme esquissée, rideau levé, décor posé. Ma mère semblait savoir où elle allait. Je l'imaginais devant sa feuille, portée par l'élan, aligner ses mots en rangs serrés, au fil de ses pensées. Mais après d'ultimes corrections, une fois la peur du vide surmontée, le blanc vaincu, l'incipit trouvé, elle reposait son stylo, remettait le couvercle vert-de-gris sur son Olivetti, et passait à autre chose. Quand elle avait fait le plus dur, au moment où d'autres auraient poussé un soupir de soulagement, elle abandonnait.

Je relus plusieurs fois ses fragments en quête d'un sens caché. Je me laissais bercer par leur musique. J'appréciais la tournure d'une phrase, souffrais de la maladresse d'une autre. Comme si j'en étais l'auteur. Curieux et frustré à la fois, j'essayais de deviner la suite. Ce n'étaient que des débuts de manuscrits, des essais, des entames de chapitres, des attaques dépourvues de chute, des amorces ne débouchant sur rien. Des promesses de livres, des livres en puissance. Des livres qui n'existeraient jamais. Ou peut-être devais-je les considérer comme des minuscules nouvelles, des microfictions, des historiettes macabres, un ramassis d'exercices de style, de bandes-annonces ?

Ma mère suivait de près le procès de Jean-Claude Romand, le faux médecin mythomane et quintuple meurtrier, comme en témoignaient trois articles datés de juin 1996, et celui, paru à peu près au même moment, de « l'assassin du Minitel », surnommé ainsi parce qu'il se servait des messageries roses pour piéger ses victimes, des homosexuels à tendance sadomasochiste. D'autres extraits de journaux, confirmaient son intérêt pour les maniaques, les tueurs en série, à l'instar de Colin Ireland, l'étrangleur de Londres qui sévissait au sein de la communauté gay, ou de Lucien-Gilles de Vallière, vingt-six ans, « pervers, travesti, obsédé », dixit *France-Soir*, reconnu coupable d'une dizaine de viols et de l'assassinat d'un enfant.

Au vu des recherches qu'elle avait effectuées, elle essayait de bâtir quelque chose autour de la communauté gay frappée par un serial killer en pleine pandémie du sida. Un artisan boucher qui tue au détail quand le rétrovirus massacre en masse. D'un côté, une population désignée comme cible, des victimes stigmatisées, une résistance balbutiante conduite par un journaliste séropositif. De l'autre, un étrangleur, géant voûté d'origine polonaise, fou de Dieu et sujet aux migraines, vivant dans un pavillon avec son père, un tyran grabataire, cloué dans un fauteuil à oreilles, face à la télé.

Sa deuxième histoire se déroulait à la Cité des 3 000, un lacis de barres et de tours flanquées de bouleaux chétifs. Dans l'une de ces masses parallélépipédiques, vit Aïcha, une adolescente taciturne qui tente d'échapper à l'emprise de sa famille. Un gardien de nuit prénommé Diaz ou Dial, suivant les versions, la croise au troisième étage, bâtiment C, assise sur une marche, un bouquin à la main. Elle se réfugie dans la cage d'escalier pour pouvoir lire sans être importunée. Il la retrouve, soir après soir, et lui fait découvrir ses auteurs préférés. Ailleurs ou plus loin, Aïcha s'inquiète pour son frère Karim dont on suppose qu'il a mal tourné. Elle se rapproche des autres garçons de la dalle afin d'en savoir davantage. « Une vraie loyauté la poussait, imposant le secret et justifiant les imprudences. Cette curiosité généreuse fut ce qui causa sa perte. » Fin du passage. *The end.* Ou à suivre.

Elle aimait terminer ses bouts de polar par une phrase sibylline. Une autre de ses ébauches s'achevait sur une note tout aussi énigmatique : « Quand le pire survint, Diaz n'en sut rien. Ce n'est que beaucoup plus tard qu'il apprit la vérité. » Ses chutes qui ménageaient un suspens de boulevard visaient sans doute moins à aiguiser l'appétit d'un lecteur, à ce stade encore fantomatique, que celui de l'écrivain. Avec son « pa pa pa paaam » digne du Grand-Guignol, elle cherchait à se donner du cœur à l'ouvrage. Une envie de poursuivre, ne serait-ce que pour connaître la suite.

C'était son troisième projet qui m'intriguait. Sa tentative la plus aboutie, du moins celle qui semblait avoir le plus compté à ses yeux, au point de mériter un classement à part, dans un sous-dossier, et, surtout, un intitulé : *La Nuit du guetteur*. Un beau titre inspiré d'un poème d'Apollinaire, d'un de ses distiques, griffonné à la hâte sur un bout de papier, un fragment, également, tiré de ce qu'il appelait ses « quelconqueries » : « Et toi mon cœur pourquoi bats-tu, comme un guetteur mélancolique, j'observe la nuit et la mort. » La citation figurait en exergue sur la page de garde.

Comme à son habitude et ce qui avait le don de m'agacer, elle débutait son récit par des considérations météorologiques : « Il tombait une petite pluie fine et morne qui semblait ne devoir jamais finir. Les gens, les arbres maigres, les immeubles devenaient encore plus lointains, plus insulaires, ombres grises se fondant dans le brouillard humide. »

« Il redoutait ce temps qui le mettait mal à l'aise. Il se sentait sans volonté, en suspens, avec des choses à faire, des tâches à accomplir, qu'il remettait à plus tard. La solution consistait à écrire dans le carnet qui ne le quittait jamais la liste de ces devoirs à remplir dans la journée. Ce soir, si tout était coché et rayé, il s'offrirait une récompense. Il avait ainsi accumulé au-dessus d'une armoire en pitchpin des piles de carnets remplis d'annotations plus ou moins codées. Il ne les relisait jamais, mais ne pouvait se résoudre à les jeter. »

« Et puis, les femmes étaient différentes quand il pleuvait ainsi : elles sortaient moins et celles qu'on voyait dans la rue marchaient à pas pressés, le cou rentré dans les épaules, resserrant d'un geste maussade le col de leur manteau, et s'engouffraient dans le métro sans même regarder les vitrines. »

« Il lui restait les jumelles, et la longue attente dans l'obscurité de la chambre ; cela en valait souvent la peine, car, les jours gris, elles allumaient la lumière dès quatre heures de l'après-midi. Dans le grand immeuble d'en face, il y avait matière à observer : il avait presque trop le choix, et trop souvent renouvelé. Les appartements étaient petits, et les locataires, le plus souvent célibataires, changeaient régulièrement. Il était bien rare qu'ils restent assez longtemps pour connaître leurs voisins de palier, ou pour faire les frais de beaux meubles ou de vrais rideaux. »

Pas de parenthèses ouvertes et jamais refermées, d'interminables circonlocutions, d'incidentes, de redites ou d'arguties inutiles. Aucune chaîne de subordinations dont on ne voit pas la fin. Mais des phrases courtes, pleines, bien rythmées. Un sujet, un verbe, un complément. Un style efficace, à la fois précis et imagé. Qui suggère autant qu'il dit, qui laisse la place à l'imagination.

Son personnage était une ombre. Un désir mal défini et menaçant. Deux faisceaux optiques. Deux chemins lumineux dans la nuit. L'homme épie des femmes. Ou plutôt des cibles. Il les tient en joue. Chacune dans son carré. Dans quel but ? À ce stade, ses motifs ne sont pas connus. Jusqu'où est-il prêt à aller ? Ses deux petits hublots lui permettent de gommer la distance qui le sépare de ses proies. Mais va-t-il se contenter d'être deux yeux morts ?

Le voyeur souhaitait-il être vu ? Trouvait-il son plaisir dans son absence, son effacement ou dans le croisement des focales ? Il ne se contentait pas de regarder ses voisines, il voulait exercer sur elles un pouvoir. « Au bout de ses jumelles, elles perdaient leur innocence et modifiaient insensiblement leur comportement ; tels des animaux pris dans le pinceau des phares, leurs gestes s'altéraient, se faisaient gauches, leur visage se crispait, comme si elles subissaient, de mauvais gré, sa volonté à distance. » Plus inquiétant encore, il les actionnait par des fils, pareilles à des marionnettes. Internet et la téléphonie cellulaire n'existant pas encore, il les pêchait à la ligne fixe. Il les harcelait au téléphone. Le texte s'arrêtait, comme les autres, six pages plus tard, au moment où le guetteur s'apprêtait à contacter l'une de ses victimes : « Il lui laissa le temps de sortir de la douche, compta jusqu'à dix, puis fit le numéro. »

Plus besoin de longues et fastidieuses filatures. Je sais où les retrouver. Ils ont été logés, comme on dit dans le jargon policier. Au 4, rue de l'École-de-Médecine, la table du fond. Et, au 5, sur le trottoir d'en face, un hôtel particulier coiffé d'un dôme pareil à un oignon de tulipe. Du moins, quand ils daignent aller en cours, entre deux pauses à La Fourchette. Hormis le dernier, tous étudient à l'Institut d'anglais de la Sorbonne. Un piège à filles. Une discipline qu'ils ont choisie par défaut, à faible rendement symbolique, dépourvue de perspectives claires, en dehors d'un poste d'enseignant dans un lointain collège, en CES ou en CEG. Ils ne pensent pas à l'avenir et ignorent la notion d'employabilité. La langue des libérateurs, du jazz et du cinéma convient à leurs désirs d'affranchissement et à leur tempérament dilettante.

Ils découvrent la liberté et méprisent l'Institut, son club anglais, ses thés dansants, sa réputation d'agence matrimoniale. Ils viennent d'avoir vingt ans et ils diraient qu'ils ont le mauvais âge. Leur apparente désinvolture cache une colère rentrée. Ils étouffent, ils n'arrivent pas à respirer, comme s'ils étaient en haute altitude ou au fond d'une mine. Ils ne supportent plus de vivre dans un pays frappé de cécité. Durant cette nuit qui n'en finit pas, ils sont les seuls à garder les yeux ouverts. Tout ce que les autres refusent de voir s'imprime sur leur rétine. Les mains levées à l'intérieur des bus à impériale, le bidule qui brille dans l'encoignure d'une porte, la peur sur les visages réduits à des faciès, l'encart que plus personne ne remarque, à part eux, sur un corps repêché en aval du fleuve. Ils sentent partout une odeur de décomposition. Y compris dans leur bel amphithéâtre baigné de lumière. Car, eux, n'oublient pas qu'autrefois, sous la coupole bulbeuse, on n'enseignait pas les langues, on les prélevait. On les découpait au scalpel, ainsi que bien d'autres organes. Lorsque l'édifice se dédiait à l'anatomie, c'était là, dans la fosse entourée de gradins, que les apprentis chirurgiens disséquaient les cadavres.

Ils se savent en sursis, tels des morts qui marchent. Tant qu'ils conservent leur statut d'étudiants, ils échappent à l'unique horizon offert à leur génération : vingt-huit mois de service militaire en Algérie. Au moins n'ont-ils pas besoin de déserter, de fuir une guerre sans nom, une guerre qui n'existe pas. Ils en ressentent un immense soulagement et pas mal de culpabilité. Ils trouvent injuste de bénéficier de ce qu'ils considèrent comme un avantage de classe ou le privilège de l'âge. Ils ont chacun là-bas un ami, un cousin, parfois un frère aîné qui bientôt reviendra sans dire un mot.

Leur révolte, aussi, est muette. Elle se propage sous un manteau de silence. Pas de pancarte brandie vers le ciel, de slogans criés à tue-tête, de défilé tapageur. Ils ne participent plus aux manifestations de rue, ils se tiennent dorénavant à l'écart de l'agitation politique du quartier. Ils ne se soulèvent pas. Ils s'accroupissent. Ils se font le plus discrets possible. Ils prennent des airs entendus. Ils débattent sans hausser la voix.

Ce ne sont pas de simples relations de fac. Ils montrent une complicité qui dépasse le cadre estudiantin. Ils ne forment pas non plus une bande de copains, reconnaissable à ses éclats de rire, ses confidences bruyantes, ses gestes familiers, son laisser-aller. Ils sont proches, sans être intimes, sans même bien se connaître. Ils observent une réserve, une distance les uns vis-à-vis des autres, tout en maintenant une forte cohésion du groupe, comme s'ils étaient unis par quelque chose de plus grand qu'eux. Ils semblent partager un secret. Disons-le : ils ont l'air louche.

Encore, peut-être, une idée fausse. Dès que vous surveillez quelqu'un, il devient pour vous une énigme, un inconnu, un type sur lequel vous devez tout réapprendre, un personnage douteux, voire inquiétant. Vous le soupçonnez de dissimuler quelque chose. Sinon pourquoi le suivre ? Derrière chacun de ses actes, vous subodorez une intention cachée. Il ne peut converser qu'avec un acolyte. Le lieu qu'il regagne chaque soir est forcément une planque. Vous le perdez de vue dans la foule ? Il a réussi à vous semer. Il ne bavarde pas plus qu'il ne lambine ou ne baguenaude. En réalité, il fomente, il ourdit, il complote.

Là où d'autres ne verraient que de parfaits spécimens du Quartier latin, je décèle des conspirateurs. Un indice ? Les prénoms qu'ils utilisent ne sont pas les leurs. Du moins pour deux d'entre eux. Le beau ténébreux se fait appeler Christophe. Elle, c'est Sophie. Des pseudonymes choisis pour leur extrême banalité ou, simplement, parce qu'ils sont à la mode, un peu comme pour un nouveau-né. Leurs détenteurs ne les emploient qu'avec parcimonie quand ils pénètrent en territoire ennemi. Ailleurs, parfois au même endroit, mais dans un tout autre contexte, ils reprennent leur véritable identité. Le fait que certains possèdent un alias et d'autres pas relève de la négligence ou prouve, au contraire, l'existence d'une hiérarchie. Donc d'une organisation.

Il peut paraître étrange que des gens soucieux de confidentialité choisissent de se réunir sous les néons même vacillants d'un café. Ils appliquent sans doute le principe de *La Lettre volée* d'Edgar Allan Poe : ce qui est évident ne se voit pas. Éclairés par une lumière blanche et drue qui efface les reliefs et les ombres, ils discutent justement autour d'une feuille tapée à la machine. Ils ergotent sur chaque ligne. À l'image d'une société encore machiste, les trois garçons monopolisent la parole. La fille se contente de hocher la tête.

Le texte imprimé recto verso comporte un certain nombre de termes que le ou les auteurs ont souhaité mettre en avant au moyen d'un trait noir, par le biais de majuscules, ou en recourant à des caractères gras, voire en combinant ces trois procédés typographiques, généralement suivis de points d'exclamation. Beaucoup de formules incantatoires, de verbes conjugués au présent de l'impératif, d'exhortations précédées d'un tiret à la ligne : « – Il faut maintenant prendre parti… », « – Prépare-toi à t'opposer, passivement ou activement, à toute tentative de subversion… », « – REFUSE… RÉSISTE… ». On retrouve là les caractéristiques habituelles des écrits paranoïaques ou de militants radicalisés. L'emploi répété du mot « CAMARADE » me fait pencher pour la seconde hypothèse.

> « *Il avait vu s'allumer la lumière
> de son appartement vers
> sept heures du soir.
> Elle rentrait du travail
> et avait l'air fatigué et de mauvaise humeur.* »

Son guetteur n'était qu'un œil, un œil unique, immense, comme planté au milieu du front, qui voyait tout. Un démiurge à la fois absent, invisible et toujours là. Les femmes qu'il observait n'existaient que par son regard. Leur vie, l'aura dont elles étaient baignées, ce halo lumineux qui émanait d'elles lui appartenaient. Il les fixait sur sa pellicule intérieure, dans un repli de son lobe occipital, pareilles à des coléoptères cloués sur une plaque de liège. Pendant un temps qui lui paraissait infini, elles demeuraient sous son emprise. Il les tenait prisonnières derrière leurs fenêtres en PVC. Il les enfermait dans leur cloche de verre pour mieux les disséquer. Dès qu'elles sortaient de son champ visuel, elles cessaient d'être, elles n'avaient plus de réalité. Elles mouraient telle une ombre qui s'efface.

À la longue, il connaissait leurs horaires, leurs goûts, leurs habitudes, leur garde-robe, leur musique préférée, leur surface sociale, leur bilan carbone. Il savait si elles prenaient soin d'éteindre la lumière en quittant une pièce, si elles vivaient seules ou en ménage, si elles possédaient un vélo, si elles prenaient leur douche au retour du travail ou au petit matin, quel programme elles regardaient à la télé et combien de fois elles arrosaient leurs géraniums. Il les suivait en train d'épousseter leurs kilims, de fumer sur leur balcon, un bras ballant, la tête perdue dans leurs pensées, de boire un verre de rouge devant la table de la cuisine, de faire du yoga ou de la gym au rythme binaire d'un son synthétique, de courir sur un tapis de course, un bandana autour du front, la queue-de-cheval en éventail battant la mesure.

Un damier constituait son terrain de jeu. Un tableau vivant composé de multiples lucarnes barrées à mi-hauteur par une rambarde. Une maison de poupée. Un colossal calendrier de l'Avent dont il s'amusait à ouvrir, jour après jour, chacun des volets. Une tour baptisée d'une lettre de l'alphabet, haute de 44 mètres, large de 24 mètres, dite R+15, construite probablement à la fin des années 1950 et répondant aux normes HLM de l'époque.

Une façade grise, des ouvertures organisées symétriquement par rapport à la cage d'escalier aux allèges peintes en blanc, une corniche hors d'aplomb, couleur sable, un rez-de-chaussée occupé par des locaux à usage collectif, couvert d'un crépi grenu pour dissuader les graffeurs et leurs aérosols, une rampe permettant l'accès aux poussettes et aux chaises roulantes. Un bâtiment vraisemblablement rénové, dans le cadre de la politique de la ville, au début du IIIe millénaire, afin de remédier aux nuisances sonores et à des problèmes d'incivilité croissants. Tout un enchevêtrement d'acier, de verre, de béton, de règles tant physiques qu'administratives, et de matériaux humains. Un microcosme fascinant pour un sociologue, un architecte urbaniste, un écrivain. Ou un voyeur.

À force de chasser la nuit, l'homme avait forcément développé des capacités de perception particulières. D'abord oculaires. Même s'il recourait à des jumelles de haute précision, gageons qu'il possédait une excellente vue. À l'instar de certains prédateurs, il devait être capable d'identifier des objets mouvants à plusieurs centaines de mètres de distance. Sa focale plus courte que la nôtre lui permettait d'embrasser un grand ensemble, une tour ou une barre d'immeuble. Il détectait sans doute aussi plus facilement que nous les photons et parvenait, grâce à une extrême sensibilité aux lumières faibles, à distinguer des êtres dans l'obscurité. Donc à voir sans être vu.

Mais il n'était pas maître de son emploi du temps. Il devait s'adapter aux us et coutumes des lucioles qui virevoltaient au-dessus de lui à l'intérieur de leurs boîtes. Quand elles disparaissaient et partaient se coucher, il n'avait guère d'autre choix que de les imiter. À quoi bon lorgner un carré vide ? Sans le guetté, le guetteur n'est rien. L'un et l'autre sont les points de départ et d'arrivée de radiations lumineuses. Ils forment un couple indissociable, sans doute réversible, comme les deux côtés d'un miroir.

Lui aussi devait avoir ses contraintes, ses petites manies. Il ne pouvait pas rester collé à son double vitrage ou poireauter au pied de son R+15 en permanence. Il lui arrivait de manger, de pisser, de dormir, peut-être même d'exercer un emploi rémunéré. En hiver, par grand froid, j'imagine qu'il évitait de sortir, comme tout le monde. Opérait-il à heures fixes, mais décalées, comme pour un boulot à temps partiel ? Préférait-il la fin de journée ou le prime time ? Un cinq à sept pépère ? Ou un 20 heures-22 h 30, une plage plus contraignante, qui vous fait manquer votre série télé sur TF1, mais au moins animée, sujette à multiples rebondissements ? Ou plus tard encore ? Vingt-trois heures, minuit ? Un pari risqué. Plus prometteuse, la seconde partie de la soirée s'avère aussi plus aléatoire. Surtout en semaine.

Ma mère ne le précisait pas. Elle ne disait pas grand-chose sur son personnage. Pas de nom. Rien sur son âge, aucun détail sur son physique ou ses intentions. Tout juste révélait-elle sa méthode pour approcher ses victimes. Il lui suffisait de subtiliser dans leur boîte aux lettres la facture des Télécoms, de la décacheter à la vapeur et de noter le numéro d'appel inscrit en haut de la feuille.

Car sa sentinelle n'était pas qu'une paire de pupilles dilatées dans la nuit. C'était aussi un souffle. Un silence et un souffle, au bout du fil.

Elle-même était sur liste rouge. Elle ne possédait qu'un téléphone fixe. Elle n'avait jamais voulu acquérir un cellulaire. Elle n'aimait pas l'idée d'être joignable à tout moment, de pouvoir être localisée n'importe où par des bornes relais, d'avoir sa vie entière enregistrée sur une carte SIM.

Quand son vieux poste filaire, posé sur un guéridon, sonnait, elle disait invariablement « Qui m'appelle ? » d'un air contrarié. Elle laissait l'appareil, couleur crème, commercialisé sous la marque Amarys, s'époumoner, cracher ses trilles dans son appartement. Puis s'approchait lentement, soulevait le combiné du bout des doigts, le tenait à distance de son oreille, comme s'il risquait de lui éclater à la figure. Elle attendait que son correspondant s'exprime en premier. Parfois, elle raccrochait aussi sec, sans dire un mot, et débranchait la prise. J'ignore qui c'était. Une erreur, un importun ? L'opérateur d'un centre d'appel à Tunis ou à Pondichéry ? La boucherie Sanzot ? Un Séraphin Lampion quelconque ? Elle considérait l'appareil qui la reliait à l'extérieur avec méfiance, tel un corps étranger dont rien de bon ne pouvait sortir.

Son texte par sa béance me renvoyait à elle qui n'était plus, à elle, à jamais, à sa voix éraillée, ses yeux inquiets, son lit vacant et défait, à son cendrier noir de suie, à elle et son contraire, à un être plein et désormais vide, à « cette incompréhensible contradiction du souvenir et du néant », décrite par Proust, à elle, avant, bien avant, à ce passé déjà insaisissable, devenu irréel, à elle et à ce qu'elle avait fait ou omis de faire, à son amour comprimé qui, sans doute, ne demandait qu'à sortir, à ce qu'elle ne m'avait pas donné, à elle retenue à jamais. Ses incipits débouchaient sur un vide, comme le trou abyssal qu'elle laissait en moi. Ils racontaient une autre histoire, faite de promesses et de renoncements. Ils redoublaient une absence.

Chaque fois que je pense à elle, je me remémore les derniers instants passés ensemble, au groupe médical Masséna. Il faisait gris et froid. Elle frissonnait et se cramponnait à mon bras. Nous eûmes beaucoup de mal à trouver l'endroit, coincé entre un traiteur asiatique et un bazar discount, au fond d'un centre commercial désolé, pareil à une gare souterraine de RER un dimanche matin. Tassée sur un siège d'accueil en époxy noir, elle ouvrit son sac, sortit sa boîte métallique Café crème, arôme filter, et vérifia qu'il lui restait assez de cigarillos. Elle ferma les yeux et se lissa les tempes. Pour tromper l'attente, je lui tendis une chemise jaune, un manuscrit que je venais de rédiger. Elle s'excusa de ne pas pouvoir le lire. Elle n'avait pas ses lunettes. Nous repartîmes à pied. Très lentement, en marquant des pauses. Elle ne parvenait pas à retrouver sa respiration. Ses jambes ne la portaient plus. Avant de remonter son escalier, elle se reposa quelques minutes sur les premières marches. Elle déglutissait, crachait, toussait. Une quinte rauque, caverneuse, qui semblait ne jamais finir.

Une fois chez elle, elle se recoucha à sa place habituelle, par terre, au milieu du salon, sur sa paillasse près de ses polars. Elle réclama un Nescafé. Je lui demandai si elle prenait deux sucres. À la longue, j'aurais dû le savoir. « Trois », répondit-elle d'une voix douce pour la ixième et dernière fois. L'infirmière arriva, rapide, prévenante avec son pilulier de métal. D'un ton plus personnel que médical, elle dit : « Vous savez, votre maman va pas fort. » Pour avaler ses comprimés, sa patiente ôta du coin de la bouche un Piccolini incandescent. Je l'embrassai à la sauvette, d'un effleurement de joue. Le lendemain, je partais très loin. Elle me sourit, sous sa couverture de laine, la main à plat sur mon brouillon, les doigts serrés, comme si elle caressait un chat : « Tu sais, je suis une bonne lectrice. »

Quatre jours après, l'infirmière trouva porte close et alerta les pompiers. Je ne fus prévenu que bien plus tard, lorsque mon téléphone se reconnecta à un réseau cellulaire, au bout d'un désert plat et rocailleux, transformé en ligne de front, parsemé de sacs en plastique, de douilles et de ferrailles. À mon retour, le matelas avait disparu. Ma sœur Ariane l'avait jeté afin de m'épargner la vue des draps plissés, escarpés, sinueux, presque hercyniens, et du creux désormais vide à l'endroit où le corps reposait, au ton terne, empesé de sueur, dessinant une silhouette, pareil à une ligne tracée à la craie sur la scène d'un meurtre. Sur le parquet en bois, à l'emplacement de la literie, il n'y avait plus qu'un carré de poussière. Et, à côté, près de la fenêtre, mon dossier jaune. Je le repris. Il était écorné. Ma mère s'était arrêtée à une vingtaine de pages de la fin.

Moi aussi, j'étais son premier lecteur. Je ne voulais pas être le dernier. Si elle l'avait achevé, son roman lui aurait survécu. Elle l'aurait bien édité quelque part avec son nom, Françoise L., en grosses lettres ou, la connaissant, sous un pseudonyme, genre Vera Sullivan, doté, comme il se doit, d'une couverture noire à faire peur, d'un code-barres et d'un identifiant ISBN. Il aurait vécu sa vie de livre. Un cycle plus ou moins long, suivant son succès. Il aurait connu l'envoi en service de presse, la distribution par l'office, les présentoirs, les rayonnages, le bruit de la caisse enregistreuse, le pincement du pouce et de l'index, les nuits blanches, les taches de crème solaire, le retour à l'expéditeur, la revente sur eBay, le stockage, le déstockage, et enfin, la grande benne de la Seine-et-Marne, le broyeur, la transformation en pâte à papier, avant sa probable renaissance sous une nouvelle identité. Ma sœur et moi en aurions conservé un exemplaire, tout comme l'imprimeur et la Bibliothèque nationale.

Là, ce n'était rien. Juste des feuilles volantes, des notes hétéroclites, amassées en désordre. Son polar n'existait que dans sa tête. À moins que je ne le termine. N'aurait-elle gardé ses feuilles éparses qu'à cette fin ? Pour me les donner ? Me confier le soin de reprendre le fil de l'intrigue là où elle l'avait laissé ? Et si elle m'avait chargé d'élucider son mystère ? Le mort fait des vivants ses continuateurs. Il leur lègue ce qu'il a fait et, plus encore, ce qu'il voulait faire. À ses descendants de jouir de ses biens, de rembourser ses dettes et de réaliser son avenir interrompu. Ce titre de roman était un peu comme une dignité nobiliaire. Ma mère me l'avait transmis. À moi de le porter.

J'ai pris l'habitude de réécrire. À mes heures de bureau, je discute avec des auteurs, je les écoute, je les lis, je leur suggère des coupes, des ajouts, des modifications. J'évite de me substituer à eux. Autant que faire se peut, je respecte leur prose. Je ne cherche qu'à l'améliorer, à la rendre plus claire, plus fluide. En revanche, quand, pressé par le temps, je décide de m'en emparer, je n'ai pas de scrupules à changer un mot ou une tournure de phrase, à déplacer des paragraphes, à rajouter des éléments, à rédiger des passages entiers, à trouver un début et une chute. Je supprime des noirs, je remplis des blancs. C'est mon travail. Je le fais avec le sérieux d'un entrepreneur en bâtiment. Je me considère comme un simple exécutant. Je sais bien que je ne suis pas chez moi. Je rénove une maison qui ne m'appartient pas. Je consolide ses fondations, ravale sa façade, refais sa toiture, prends soin de ses murs porteurs. Car si elle s'écroule, j'en serai tenu pour responsable.

Ma mère m'avait à son tour confié un ouvrage. Un chantier, plutôt un terrain de fouilles. Je me sentais davantage l'âme d'un archéologue que d'un maçon. À partir d'un tas de pierres, je devais reconstituer quelque chose de disparu, un mode de vie ancestral, une civilisation oubliée. Partant d'un manque, je n'avais cette fois rien à remanier. Je ne risquais pas de trahir l'auteur. En avais-je d'ailleurs le droit ? Je n'avais qu'à prolonger les quelques traits qu'elle m'indiquait, un peu comme dans un cadavre exquis.

Son dossier Polar ne comportait pas de renseignements sur la suite. Imitant les grands maîtres, elle ne suivait aucun plan, rien de préétabli. Elle préférait se laisser guider par son écriture, par la magie du verbe, le vertige de la page blanche. J'héritais d'elle un livre ouvert, un roman moderne, polysémique, propre à une multitude de lectures et d'interprétations, pareil aux albums de donjons et dragons de mon enfance, un dédale que je pouvais temporairement occuper et dont j'allais être le héros.

Je pensai à Charles Dickens mort subitement avant d'avoir pu terminer *Le Mystère d'Edwin Drood*. Son unique opus à suspens sans doute destiné à contrer ou à imiter le succès de son ami et rival Wilkie Collins, inventeur du genre. L'histoire d'un jeune homme qui disparaît, sans laisser de trace, de son oncle, chantre de cathédrale et opiomane, de jumeaux orphelins grandis à Ceylan, tout un univers de cryptes, de fantômes à haut-de-forme, de nuits éclairées au bec de gaz, de fumeries clandestines tenues par de vieux Chinois.

Une œuvre qui a donné lieu à toute une « littérature droodienne ». De nombreux scénaristes, critiques, écrivains se sont attelés à imaginer la fin. Pour découvrir la vérité et démasquer le ou les assassins, ils ne se sont pas contentés de rechercher des indices dans les notes de travail laissées par le défunt. Ils ont reconstitué les dernières années de Dickens, revisité les endroits qu'il fréquentait, étudié son entourage, tenté de saisir ses peurs, ses obsessions, car ils étaient convaincus que la clef de l'énigme résidait dans la vie même de l'auteur. Un homme souffrant de problèmes de santé, épuisé, hanté par une catastrophe ferroviaire dont il avait été la victime cinq ans plus tôt. Des travaux sur la voie. L'express Folkestone-Londres précipité dans le lit d'une rivière, à l'exception d'un wagon. Le sien. Un miracle, un cauchemar.

Ma mère était-elle devenue romancière en noir, à la suite, elle aussi, d'un déraillement ? D'une sortie de route ?

Une fois le texte rédigé, il faut le calligraphier, le taper ou plutôt le perforer sur un stencil, sorte de papier à cigarette, l'étendre sur un rouleau encreur, le tirer en quelques centaines d'exemplaires et le diffuser le plus largement possible. De préférence auprès de ceux auxquels il s'adresse, les appelés. Il s'intitule d'ailleurs : « Soldat ! Où sont tes ennemis ? » Mais celui-ci ne pouvant être joint dans l'immédiat soit parce qu'il combat dans une région reculée du Maghreb, soit parce qu'il s'apprête à le faire et attend son départ derrière les hauts murs d'une caserne de la métropole, autant se rabattre, une fois de plus, sur un public, sinon acquis, du moins bien disposé : les étudiants. Pour les atteindre, il suffit de cibler l'un des lieux qu'ils fréquentent : écoles, facultés, restaurants universitaires, cafés, cinémas. Le choix de la Sorbonne s'impose assez naturellement.

Les corvées incombent toujours au petit dernier. Le jeune aux lunettes en cul-de-bouteille et aux oreilles bouchées se voit chargé de l'impression et du tractage. Pour accomplir la première partie de sa mission, il se tourne vers un ami mi-poète, mi-éditeur, qui publie des livres à compte d'auteur et possède une vieille machine à ronéotyper dans un petit local entre la Bastille et la Seine. L'homme lui semble digne de confiance puisqu'il sort déjà clandestinement le journal du Parti communiste espagnol en exil. En un temps éclair, voilà son brûlot reproduit recto verso en format A4. Un gros tas à l'encre encore fraîche qui tient à peine dans sa vieille serviette en cuir et sa besace.

Le garçon hésite à fourguer son matériel devant l'entrée principale, place de la Sorbonne. La dernière fois qu'il a tenté l'expérience, il a été embarqué par la police. Toute une nuit passée en cellule, avec les clochards, au commissariat du Panthéon. Relâché après l'intervention d'un lointain cousin aux origines corses et au bras long, il a dû au petit matin essuyer les récriminations et les pleurs de sa mère, morte d'inquiétude. Dans la rue, il y a aussi le danger de se faire cogner par des militants à la tête rasée de Jeune Nation ou d'un autre groupuscule d'extrême droite.

Mieux vaut agir à l'intérieur de l'édifice. Pour ne pas prendre le risque d'être alpagué par les huissiers, il se réfugie dans la chapelle, zigzague entre le sarcophage de marbre de Richelieu et quelques chérubins bouffis, emprunte une porte dérobée que j'imagine en ogive et escalade un interminable escalier en spirale, taillé dans la pierre grise. Il débouche sur une plate-forme, au-dessous du dôme recouvert d'ardoises. Avec le plaisir grisant d'un Quasimodo au sommet de Notre-Dame, à moins qu'il ne songe à Rastignac sur sa butte Montmartre, il contemple le segment de Paris où il rayonne depuis le début de sa vie étudiante. Son royaume dont il connaît les contours aussi sûrement que s'il était cerclé de remparts. Devant lui, la Mutualité, à sa droite la place de la Contrescarpe, plus au sud, l'étendue verte du jardin du Luxembourg. Au-delà d'une rangée de toits en zinc, il devine la rue de l'École-de-Médecine à sa forme en entonnoir, son nouveau QG. Il n'a pas peur. Il est chez lui.

Il s'abstient de crier du haut de son balcon comme ses compagnons le font parfois : « Vive l'insoumission ! » Inutile de se faire repérer. Préférant le geste à la parole, il prend sa pile de tracts et la jette dans la cour d'honneur de la Sorbonne, cinquante mètres plus bas. Les feuilles virevoltent dans l'air, telle de la cendre blanche après une éruption volcanique. Elles atterrissent aux pieds des colonnes. Intrigués, des étudiants sortent des arcades et se baissent pour les ramasser. Ils les parcourent rapidement, puis éclatent de rire et les tendent à leurs voisins qui s'esclaffent à leur tour.

Accroupi derrière sa rambarde, tout en haut, le jeune binoclard observe la scène sans comprendre. Il redescend du clocher en courant et profite de l'hilarité générale pour sortir de la nef sans être remarqué. Il se penche sur l'un des bouts de papier qui traînent sur le pavé et écarquille les yeux. Le tract qui se réclame d'un « groupe de jeunes Français », exhorte les soldats à « prendre part aux massacres et à la torture des Résistants algériens », oui, il a bien lu, mais aussi à « dénoncer » les « assassinats et les horreurs » commises en toute logique avec leur complicité s'ils ont obéi à l'injonction précédente. Un paragraphe plus bas, ils sont appelés à « lutter pour le péril fasciste ». Pressé par le temps, l'ami imprimeur a sauté des mots, inversé des phrases, interverti des prépositions. « Quel travail de cochon ! » fulmine le camelot à lunettes.

Forcément, il se demande ce qu'il fait là. Il se destine à la poésie, écrit dans le journal *Paris-Lettres* et des revues plus confidentielles, vit chez ses parents et étudie, non pas la littérature anglaise, mais les mécanismes invisibles de reproduction des inégalités sociales. Sur un plan militant, il peut être considéré comme un novice. Un bref passage à l'Union des jeunes socialistes, l'embryon de la deuxième gauche, quelques manifs contre la guerre d'Algérie, il n'a que très rarement pris part à des actions qualifiées d'illégales. Il se contentait jusqu'ici de vendre à la criée, mais à voix basse, des livres interdits. Des ouvrages qui tiennent dans une poche, conçus comme de minuscules affiches. Il les brandissait, parfois, à la porte des églises, le dimanche matin. Madame, avez-vous lu *La Gangrène* ? Monsieur, connaissez-vous *La Question* ? Personne n'en voulait. Les bonnes gens préféraient lui donner l'obole plutôt que d'acheter ses opuscules aux couvertures crème et aux titres écrits en rouge, à la fois percutants et ironiques. Jeux de mots terribles, susceptibles de faire rire un prétoire, le jour de l'immanquable procès pour atteinte au moral de l'armée et incitation à la désobéissance. Auriez-vous préféré, monsieur le Président, qu'ils s'intitulent *La Gégène* et *Les Supplices* ?

Plus encore que les bombardements de douars au napalm ou les camps d'internement remplis de suspects jamais jugés, ce sont ces pratiques, ressorties de la nuit et gratifiées d'un surnom de guinguette, qui le révoltent. Son engagement tient du hasard. À une rencontre qui en entraîne une autre. Il ne sait pas trop comment qualifier la petite bande qu'il vient de rejoindre, ni à quel ensemble plus vaste elle se rattache. Il adhère moins à une structure qu'à des copains et aux cafés où ils se retrouvent. Le Mahieu, La Capoulade, à l'angle de la rue Soufflot et du boulevard Saint-Michel – l'un est devenu depuis un Quick, l'autre un McDo –, Le Petit-Suisse, rue de Vaugirard. Et maintenant La Fourchette. Il saute de case en case, comme à la marelle.

*« Quand le pire survint,
il n'en sut rien. Ce n'est
que beaucoup plus tard
qu'il apprit la vérité. »*

Elle était là, assise devant moi, et je ne m'apercevais de rien. Je la fixais sans la remarquer. Mon regard passait à travers elle comme si elle n'était qu'une plaque de verre ou un voile de mousseline. J'enchaînais des phrases convenues, celles qu'un fils débite à sa mère pour mieux escamoter les sujets qui fâchent et entretenir l'illusion que tout va bien. Je parlais dans le vide. Elle flottait de l'autre côté de la table, dans une transparence muette. De retour de l'étranger, je la revoyais pour la première fois depuis presque un an et je ne la voyais pas. Mon cerveau refusait de la reconnaître. J'essayais en vain de l'appréhender. Je ne percevais qu'une forme floue, cotonneuse, une vague silhouette. Je me trouvais en face non pas d'une inconnue, mais d'un spectre. Même la grande baie vitrée, derrière elle, ne reflétait pas son image.

C'était un soir froid et humide de décembre. Je ne sais plus pourquoi je l'avais invitée chez moi à Belleville après une si longue absence. Peut-être à cause de mes filles qui grandissaient loin d'elle, ou des fêtes de fin d'année qui approchaient. Une manœuvre dérisoire afin d'éviter un réveillon autour du sapin. Un dîner de week-end pour solde de tout compte. Je m'étais éloigné d'elle progressivement, sans faire de bruit. Cette fois, pas de hurlements entre nous. Pas de disputes, pas la moindre récrimination. Je m'étais contenté d'espacer nos rencontres. Je pouvais laisser passer des semaines, parfois des mois, avant de l'appeler. Je savais que, de son côté, elle ne bougerait pas. Elle ne chercherait pas à me joindre. Elle ne prendrait aucune initiative. Par un mélange de fierté et d'apathie, elle ne demandait jamais rien à personne. Je faisais le mort. Elle était en train de mourir.

Je recouvrai la vue d'un coup, au moment où, recrue de fatigue, elle se leva lentement de sa chaise et se dressa sous la lumière chaude du globe en opaline suspendu au plafond. Elle apparut enfin devant moi. C'était comme si elle sortait du brouillard ou si j'avais tourné la molette d'une paire de jumelles. J'aperçus les cernes pâles, les poches tombantes autour de ses yeux éteints, ses ongles noirs et irréguliers, ses dents couleur de seigle, sa chevelure grise, filasse, hirsute. Et surtout sa tête labourée de rides, parcourue de striures labyrinthiques, sa peau décharnée, passée au bistre, parcheminée, craquelée, crevassée, par endroits presque charbonneuse, piquée de comédons, de petits points pareils à de vieux tatouages à moitié effacés. Je contemplais une ville en ruine, un paysage tourmenté d'après bataille. Elle était maintenant debout, prête à partir avec son masque de carnaval, raide pour ne pas tomber, les bras collés à son imperméable élimé, usé jusqu'à la corde, au revers crasseux, dans ses vêtements désormais trop grands qu'elle ne quittait plus. Tout en elle criait au secours.

L'espace d'un repas, et depuis bien plus longtemps encore, je l'avais effacée de mon champ de vision. Et elle ? Se voyait-elle ? Elle qui, autrefois, passait des heures devant la glace à examiner l'ovalie de son visage, ses pommettes saillantes, l'arc parfait de ses sourcils, son front haut, son sourire d'émail, un teint laiteux qui absorbait la lumière, des mèches folles enlacées autour de ses épaules droites.

Durant mon enfance, ma mère ne pouvait pas mettre un pied dehors, acheter un paquet de Gauloises bleues au Fontenoy, le bar-tabac du carrefour, ou pousser plus loin, jusqu'au Suma, à moins qu'il ne s'agisse d'un Prisunic, le supermarché ayant plusieurs fois changé d'enseigne, sans inspecter chaque parcelle de son être. Elle s'enfermait dans sa salle de bains et n'en sortait plus. Je l'attendais pour partir, derrière la porte, avec mon duffle-coat déjà sur le dos. Je trépignais d'impatience en me demandant ce qui pouvait bien la retenir dans un lieu aussi exigu à la fenêtre aveugle. Elle n'avait pas grand-chose à y faire. Elle dédaignait les produits de beauté. Pas de mascara ni de rouge à lèvres ou de fond de teint sur la tablette du lavabo. Elle appartenait à une génération de femmes qui considérait le maquillage comme une forme de tricherie ou d'oppression. Tout juste, brossait-elle longuement ses cheveux châtains de haut en bas, d'un geste ample, une clope au bec. À travers le voile de fumée, elle se regardait d'un air inquiet. Peut-être pour se convaincre qu'elle était bien elle.

En ce début d'hiver, elle ne faisait plus corps avec elle-même. Sa carcasse dépourvue de chair paraissait inerte, dénervée, comme si elle n'était plus la sienne. Elle l'avait désertée. Elle pouvait l'abandonner. À des gens en blouse blanche et maillot bleu, à des opérateurs à la voix d'automate, à des tubes, des cylindres, des plaques métalliques aussi froides que la banquise, à des faisceaux lumineux, aux coups tranchants de sabres laser.

Elle se prêta à tous les examens. Elle, autrefois si pudique, qui ne supportait pas d'être observée, encore moins touchée, se laissait ausculter, palper, manipuler, écarteler dans tous les sens. Elle ne montrait aucun signe de gêne ou de honte. Même sa rage semblait l'avoir quittée. Elle obéissait aux ordres, levait les bras, gonflait sa poitrine, retenait sa respiration. Enfin docile, pour la première fois. La seule consigne à laquelle elle se dérobait était l'interdiction de fumer. Pour inhaler sa dose quotidienne de nicotine, elle déployait des stratagèmes d'adolescente et s'en grillait une dès qu'un détenteur d'une autorité quelconque, médecin, infirmier, vigile, lui tournait le dos, puis ouvrait la fenêtre et aérait la pièce d'un grand battement d'ailes.

On se répartissait les rendez-vous, Ariane et moi. Notre mère nous suivait comme une petite fille bien sage sans protester, sans même se plaindre. Elle ne se plaignait jamais. L'hôpital parisien dont elle relevait ressemblait à un terminal d'aéroport. Je me demandais où nous étions. Dans le hall de départ ou celui d'arrivée ? Je ne savais pas où aller. Je la guidais en tâtonnant, à la manière d'une canne blanche. Elle paraissait indifférente ou ailleurs. Je me présentai à un comptoir en bois clair, face à l'entrée, sous une immense verrière inclinée. L'hôtesse, à moitié cachée par son écran, tendit le doigt vers la gauche, et déclara d'une voix pareille à celle qui invite les passagers à rejoindre une porte d'embarquement : « Escalier C, quatrième étage. »

Tout au long de l'allée, des palmiers prospéraient comme dans une serre. À l'autre bout, s'étendait une salle immense, au plafond cyclopéen, vouée, selon une pancarte, à la « détente » et réservée à un usage strictement commercial. Il y régnait une touffeur de vivarium. Des patients vêtus d'un pyjama de vichy gris et blanc faisaient claquer leurs tongs sur le sol carrelé entre un Relais H, un distributeur de barres chocolatées et une sorte de Starbucks. L'un d'eux promenait un pied à perfusion dépourvu de ses attributs habituels, poche, tube ou cathéter. Il le poussait devant lui à l'instar d'un déambulateur. À moins que, dans sa solitude, il ne confondît son arbre à roulettes auquel plus aucune laisse ne le reliait, avec un animal de compagnie. Nous étions en avance. Ma mère voulut faire une pause avant de monter. À l'« espace détente » et ses boutiques, elle préféra la cour intérieure où, sous une pluie glaciale, elle put calmer son addiction en compagnie d'autres visiteurs tout aussi amaigris.

À l'étage, une porte coupe-feu à double battant donnait sur un couloir tapissé d'un linoléum orange. Un homme de haute taille nous reçut presque aussitôt. L'étiquette apposée sur la porte de son bureau indiquait qu'il était « professeur ». Au mur, derrière lui, la photo d'une rose à la corolle carminée jouxtait une affiche sur les maladies respiratoires chroniques. La radiographie posée sur sa table ovale évoquait, quant à elle, un cèdre du Liban, avec ses branches tombantes, son tronc transparent et ses deux masses de feuillage sombre. Le médecin ne s'embarrassa pas de périphrases. Il nous montra les taches blanches irrégulières à l'extrémité de chacun des lobes et prononça un verdict sans appel. Cancer du poumon.

« On ne sait pas à quelle vitesse il va se développer, dit-il. On ignore son potentiel évolutif. » Deux tumeurs. Pas de métastases. Et pas de traitement en vue, en tout cas pas maintenant. « Pour supporter une intervention chirurgicale, vous devez d'abord reprendre du poids. » Un coup d'œil sur ses notes. « Vous faites 45 kilos 200. C'est à cause de votre maladie. Elle consomme énormément. » Il ne préconisait pas davantage de chimio ou de radiothérapie. « À ce stade, votre état général ne le permet pas. » Elle resta impassible, comme si on parlait de quelqu'un d'autre. Durant tout l'entretien, elle ne réagit qu'une fois. Je perçus qu'elle écoutait enfin à une contraction de ses muscles zygomatiques et à un léger battement de sourcils. Le professeur venait d'évoquer un « contrat » dont elle devait respecter chacun des termes. Si elle se reposait et retrouvait des forces, on pouvait alors envisager de lui retirer une partie de ses poumons, mais à la condition qu'elle arrête le tabac. « L'opération, insista-t-il, n'aura lieu que trois semaines après un sevrage TOTAL. » Un mot qu'il jugea nécessaire de répéter à plusieurs reprises en détachant chaque syllabe devant l'air d'abord amorphe, puis stupéfait de sa patiente.

Elle devait effectuer des examens complémentaires qui nécessitaient huit jours d'hospitalisation. Elle allait enchaîner bien d'autres séjours dans des structures médicalisées – cliniques, centres de remise en forme, maison de repos – d'où elle serait chaque fois chassée, telle une collégienne indisciplinée, après avoir été prise en flagrant délit de fumer dans sa chambre, ou trahie par les effluves de cigarette et dénoncée par les autres malades. Je suppliais des docteurs excédés de ne pas l'expulser, de la garder encore un peu, je leur assurais qu'elle respecterait dorénavant le règlement, tout en sachant qu'il n'en serait rien, uniquement pour gagner du temps. Une semaine, pas plus, une petite avec patch, médicaments, plateaux-repas et aide-soignante. Les menaces quelles qu'elles soient, même proférées d'un ton docte, la laissaient de marbre. Pourquoi aurait-elle renoncé au seul plaisir qui lui restait ?

En son absence, il fallait s'occuper de Chips, son chien. Je faillis l'oublier, celui-là. Il était seul depuis déjà deux jours quand j'ouvris la porte. Il aboyait et bondissait dans le couloir, en agitant sa queue d'un côté à l'autre, à la vitesse d'un essuie-glace, la langue pendue jusqu'à terre. Je découvris un appartement plongé dans l'obscurité qui paraissait être à l'abandon depuis des décennies. Rideaux tirés, vitres entoilées, volets en bois fermés. Derrière les persiennes, j'aperçus des plantes presque fossilisées suspendues aux balcons. Des monceaux de terre, de racines et de feuilles cramoisies. Profitant d'un écosystème vraisemblablement chaud et humide, la végétation avait pris de l'ampleur, jusqu'à occuper toute la largeur du mur avant de se dessécher.

À l'intérieur, l'air était irrespirable, lourd, confiné, pareil à celui d'un sépulcre. À chacun de mes mouvements, j'avais l'impression de déplacer des mètres cubes de particules. Un chimiste aurait probablement identifié un mélange de monoxyde de carbone, d'acide cyanhydrique, d'oxyde d'azote, plus quelques métaux lourds. Je reconnus quant à moi des relents de cigarillos. Impossible de tourner les poignées des fenêtres à cause des crémones grippées par la rouille, et aussi de quelque chose de mou qui bloquait les charnières. Des bandelettes, empruntées à quelques momies, encadraient chaque ouverture. Le ruban isolant recouvrait les moindres interstices entre le chambranle et les deux battants. Tout avait été bouché, calfeutré, avec autant de soin qu'un labo de photographe à la lointaine époque de l'argentique.

Ma mère campait au milieu de la salle de séjour. Sur un petit matelas, à même le sol. Avec une pile de livres, un transistor, une lampe électrique dans un abat-jour en lin, un cendrier en cuivre, une bouteille d'eau, et une télé portative, un vieux modèle à tube cathodique avec antennes orientables qui émettait des images granuleuses. Pour une raison demeurée obscure, elle avait abandonné sa chambre, donnant sur cour, au chien ou plutôt à ses laissées. De toute évidence, elle ne le promenait plus. Chips avait transformé son trois pièces meublé avec goût, situé dans une rue calme du 13ᵉ arrondissement de Paris, en vastes latrines. Il se soulageait de préférence sur les coussins, les dessus-de-lit, les tapis persans, dans les coins ou le long des plinthes.

La cuisine exhalait une odeur pénétrante d'œuf pourri. La pièce étroite, qui avait séduit ma mère à cause de son électroménager intégré et ses spots lumineux, abritait des dizaines de petits ballots, pareils à des vessies translucides ou à de grosses méduses. Il y en avait partout, pendus à la poignée de la fenêtre, amoncelés sur le carrelage, posés au pied du buffet ou alignés sur la desserte. Des déchets ménagers accumulés, sans doute, sur plusieurs mois. Des aliments en décomposition, des conserves vides, des emballages plastiques, des papiers gras, beaucoup de cendres et de mégots enfouis non pas dans le traditionnel sac-poubelle noir à lien coulissant certifié pour son étanchéité, mais dans des sacs de caisse, plus petits et plus légers, offerts alors gracieusement par les commerçants.

Le placard était rempli de cadavres de bouteilles, essentiellement du vin rouge, du bordeaux de qualité supérieure. Un saint-émilion, un médoc, un saint-julien, un margaux… Dans le réfrigérateur aux trois quarts vide, une tranche de pâté en croûte, du beurre doux Elle & Vire et une barquette individuelle de céleri rémoulade périmé. Pas d'ustensiles sur l'égouttoir, ni de vaisselle sale au fond de l'évier à l'émail jauni. À part des moutons de poussière et les crottes du chien, rien ne traînait sur le sol. Vêtements pliés, journaux regroupés par titre. Tout était à sa place, bien rangé, y compris les factures d'EDF et des Télécoms qui trônaient sur la grande table du salon où nous mangions, autrefois, ses currys d'agneau mijotés pendant des heures. Dans les tiroirs de la table basse chinoise, je retrouvai les jouets qu'elle gardait pour ses petites-filles. Un spectacle de désolation, mais classé, organisé. L'inverse du chaos. Plutôt un tri sélectif. L'ordonnancement d'une décharge.

Quelque chose de terrible s'était déroulé dans cet appartement. Je me sentais comme un intrus qui aurait brisé les scellés apposés sur la porte d'entrée. J'hésitais à poser les pieds à terre, à laisser des traces, à déplacer des objets. Je visitais les lieux d'un crime dont je m'étais rendu complice. Inutile d'effacer les marques de mon passage. Ce n'étaient pas des empreintes qui risquaient de m'incriminer mais leur absence. Coupable de non-assistance à personne en danger. Déclaré contumax. Pendant que je lui tournais le dos, ma mère avait failli finir en fait divers. Dans l'une des coupures de presse qu'elle archivait. Sa matière à roman noir. Sous la forme d'un entrefilet dans *Le Parisien* : « Le cadavre gisait au milieu de ses poubelles… La victime vivait seule… » Coiffée d'une des manchettes à la *Libé* qu'elle affectionnait : « Momie dans le 13ᵉ », « Mangée par son chien », « Revanche canine à Chinatown ».

Elle s'était progressivement retirée du monde. Elle vivait dans un isolement presque complet. Emmurée. Cadenassée. Elle l'avait probablement toujours été : femme discrète, sur le qui-vive, mère aimante à sa manière, mais fermée à l'enfant que j'avais été. Elle fuyait la transparence et n'entrouvrait sa coquille de nacre que pour filtrer l'eau et capter sa nourriture. Des années plus tôt, au début de son érémitisme urbain, dans un précédent logement, une petite maison au fond d'une impasse, elle avait décidé sur un coup de tête de recouvrir toutes les fenêtres du rez-de-chaussée de couvertures épaisses. Plus jeune, déjà, elle devenait farouche dès qu'on empiétait sur son territoire. Elle aimait attirer le regard et ne supportait pas d'être vue.

Le dénommé Christophe transporte à son tour des tracts, cette fois, on l'espère, sans trop de coquilles. Difficile de le suivre, *a fortiori* des décennies plus tard. Il parcourt Paris à toute vitesse au volant de sa Citroën, noire comme il se doit, à la manière d'un libérateur dans une ville déclarée ouverte. Il roule toujours pied au plancher et cultive un style flamboyant, le genre FFI en manteau de cuir. Plus politique que les autres, il exerce, de ce fait, un ascendant sur le groupe, au point d'en être considéré un peu comme le chef. Sur le siège passager, Jean-Claude, celui qui tourne tout en dérision, a perdu l'envie de rire et se cramponne à la poignée intérieure. Après un énième tête-à-queue, la Traction Avant se gare le long d'un trottoir. À cette heure avancée de la nuit, les rues sont désertes. Les deux compères remontent le faubourg Saint-Antoine, s'arrêtent devant une pancarte qui annonce une « zone protégée », prennent leur élan et balancent un paquet, puis un autre par-dessus le mur de la caserne de Reuilly.

Ils opèrent dans un Paris où il est possible de passer inaperçu. L'espace urbain qui ne compte pas, comme maintenant, un lampadaire tous les trente mètres, regorge d'allées, de tronçons, de placettes, de décrochements, de recoins non éclairés. Les façades encore charbonneuses absorbent les rares lueurs de la ville. Les monuments ne sont pas illuminés comme des arbres de Noël. Les caméras de surveillance n'existent pas. Et aucun néon n'écrase de sa blancheur un quelconque centre commercial. En ce début des années 1960, la nuit est encore noire. Elle n'a pas été apprivoisée. Elle continue de régner partout en maître. Elle invite à la licence, à l'évasion et à la clandestinité. Ses deux passagers se contenteraient d'un clair-obscur.

Ce ne sont pas des gens de l'ombre, mais de la pénombre. Ils dorment chez eux ou au domicile de leurs parents, comme si de rien n'était. Ils ne possèdent pas de faux papiers et ne sont pas recherchés par la police. Ils mènent une existence normale, et enfreignent la loi. Leur conscience leur ordonne de faire ce que le commun des Français considère comme une trahison ou un acte de folie et qu'ils appellent eux-mêmes du « Soutien », un terme qui par son imprécision convient bien au flou entretenu sur leur activité. Ils encouragent leurs compatriotes enrôlés sous le drapeau à l'insoumission et apportent leur concours à des hommes qui ont pris les armes contre la France. Ils facilitent la fuite des appelés à l'étranger et exhortent ceux qui ne désertent pas à tirer en l'air lors des combats. Autant de crimes passibles de dix ans d'emprisonnement pour atteinte à la sûreté extérieure de l'État.

Dans leur esprit, ils ne font pas un pas de côté. Ce sont les autres qui s'égarent. Eux marchent droit, au contraire. Ils suivent la flèche du temps. Ils s'inscrivent dans ce qu'ils appellent le « sens de l'Histoire ». Il leur suffit de regarder autour d'eux. Partout, les vieux empires coloniaux s'effondrent. L'Algérie sera indépendante. Ce n'est plus qu'une affaire de mois ou d'années. Même de Gaulle l'admet à demi-mot, dans l'une de ses formules alambiquées. Ils se bornent à hâter l'inéluctable, à précipiter la fin d'un conflit « imbécile et sans issue », à éviter des morts inutiles. Ils peuvent débattre des heures durant sur la signification qu'ils donnent à leur combat : font-ils tout cela pour cette rive ou pour l'autre ? Pour la France, son honneur, ses principes ? Ou pour une future république arabe et socialiste ? Pour le présent ou l'avenir ?

Ils appartiennent à Jeune Résistance. Ou du moins, s'en réclament, car ils n'ont jamais pris de carte d'adhésion à quoi que ce soit. Leur rôle consiste à pousser les appelés à l'insoumission, à faciliter leur fuite, à les cacher, les rassembler, les aider à franchir la frontière, et enfin à faire leur éducation politique, à les conscientiser, selon un néologisme alors en vogue au sein des groupuscules d'extrême gauche. Ils seraient prêts à faire beaucoup plus pour cette organisation secrète qui, comme son nom l'indique, entend prendre pour modèle la lutte contre l'occupant allemand.

« Ami, si tu tombes, un ami sort de l'ombre à ta place. » *Vérité pour*, leur journal clandestin, a beau citer *Le Chant des partisans*, ils consacrent le plus clair de leur temps, non pas à faire dérailler des trains, mais à distribuer une littérature jugée séditieuse devant des écoles. Besogne qualifiée dans leur langue du doux nom d'agit-prop, pour agitation et propagande, qu'ils finissent par trouver fastidieuse, dérisoire, à l'aune des faits d'armes de leurs aînés, mais aussi au regard des dangers encourus par ceux qu'ils prétendent aider et connaissent à peine, des militants qui, entre eux, se disent Frères. Eux-mêmes les désignent ainsi, sans s'inclure dans le lot, tout en sachant qu'ils ne feront jamais partie de leur confrérie, plus encore, en l'assumant. Ils ne revendiquent qu'une forme de compagnonnage. Dans cette guerre totale, ils se veulent à la fois dedans et dehors. Ils soutiennent l'ennemi, mais refusent de combattre à ses côtés. « Il nous faut à la fois trahir les Français en faisant cause commune avec les Algériens et trahir les Algériens en demeurant résolument français », aime à répéter l'un de leurs leaders. Ils marchent sur un fil.

Ils se prévalent d'une nébuleuse plus large. Jeune Résistance ne forme que l'une des multiples branches d'une arborescence dont ils seraient bien incapables de dessiner les contours exacts. Un ensemble à bord flou qui ne porte pas de nom, sinon, par défaut ou simplification policière, celui ou plutôt ceux de ses deux fondateurs. Deux dirigeants qui ne sont plus là. Francis Jeanson est en exil, condamné à dix ans par contumace, à l'issue d'un procès très médiatisé. Un intellectuel, psychanalyste, qui, avec une pointe d'accent bordelais, parle de révolte contre le père et d'actes manqués. Le second, devenu *de facto* le chef, après la fuite du premier à l'étranger, vient d'être arrêté et croupit à la prison de Fresnes. Fils d'un banquier du Caire, communiste toujours en quête d'une révolution, Henri Curiel montre derrière ses barreaux la douceur et la détermination d'un moine qui ferait retraite. Pas étonnant que ses amis de jeunesse l'aient surnommé *Abouna*, « mon Père » en arabe. Au sein du réseau, on l'appelle tout simplement « le Vieux ».

Depuis les arrestations opérées par la police, le secret absolu est la règle. Personne ne sait précisément ce que fait l'autre. Chacun tend même à minimiser sa propre importance et à prêter à son voisin un rôle parfois exagéré. On se méfie de tout le monde et, surtout, de soi-même. Des confidences que l'on pourrait lâcher, de ce que l'on risquerait d'avouer.

La petite bande ne fait pas exception. Selon une méthode triangulaire inspirée de la Résistance, ses membres ne connaissent que la personne située au-dessus ou au-dessous d'eux, dans ce qui pourrait ressembler à un organigramme, si un tel tableau existait quelque part. Leurs contacts se limitent généralement à celles ou ceux qui les ont fait entrer ou qu'ils ont eux-mêmes recrutés sur la base de rapports d'amitié et de confiance. Autour d'eux, tout est vague, indéfini, par précaution ou parce qu'il n'y a pas grand-chose à en dire. Ils évoluent dans un univers de faux-semblants.

« Rousse et pâle, elle arborait le plus souvent un air grincheux et méprisant qui n'était peut-être rien d'autre que la marque d'un profond ennui. »

Enfermée chez elle, derrière ses murs étanches, dans sa prison sans lucarne, que faisait-elle ? Comment meublait-elle ses journées ? Suivait-elle un programme ? Avait-elle ses habitudes ? Une routine ? Paperasses le matin, shopping l'après-midi, promenade et lecture le soir ? Respectait-elle encore des horaires dès lors qu'elle ne participait plus au processus de production ? Depuis combien de temps vivait-elle entre parenthèses, hors du temps social ? Vingt ans déjà qu'elle ne travaillait plus. Dix ans qu'elle était considérée comme retraitée. Recevait-elle des visiteurs ? Devisait-elle de la pluie et du beau temps sur le palier avec ses voisins ? Passait-elle des appels téléphoniques ? Et à qui ? Vers la fin de sa vie, autant que je sache, elle ne voyait plus personne. Les liens qu'elle avait noués, au cours de son existence, s'étaient défaits les uns après les autres. Je ne lui connaissais plus aucun ami. Pas de compagnon, à part Chips, le seul être qu'elle côtoyait encore, dont elle se sentait responsable, mais qui commençait à lui peser. Trop fatiguée pour le sortir quotidiennement, le tenir en laisse, affronter le froid, le vent, le regard des autres.

Jugeait-elle utile de s'habiller ? De se coiffer, de se laver ? Et à quel moment ? Dès le saut du lit – si un tel saut existait – ou plus tard ? Mangeait-elle trois fois par jour ? Entrée, plat, dessert ? Prenait-elle soin d'équilibrer sa nourriture, avec ses cinq fruits et légumes, et la quantité adéquate de protides et de calcium, elle qui, plus jeune, avalait des tonnes de vitamines en comprimés pour compenser ses carences alimentaires ? Limitait-elle l'alcool au repas du soir ou buvait-elle hors des repas ? Combien de temps lui durait une bouteille de vin ? Regardait-elle la télévision l'après-midi derrière ses persiennes ? Le jeu *Des Chiffres et des Lettres*, *Questions pour un champion*, *Aujourd'hui madame* ? Ouvrait-elle régulièrement sa boîte aux lettres ? Était-elle déçue de n'y rien trouver, à part de nouvelles factures, le prospectus d'un grand magasin annonçant un « spécial beaux jours », ou la fausse carte postale d'une agence immobilière ? Attendait-elle quelque chose de la vie ? Ou avait-elle renoncé à toute ambition, à tout rapport avec ses semblables ?

J'aurais voulu pouvoir l'espionner, placer une caméra de vidéosurveillance dans sa cellule, filmer le vide jusqu'à l'écœurement. J'aurais noté chaque détail. La position de son corps sur le matelas, les expressions de son visage, la main qui tâtonne sur la couverture, le chien en train d'aboyer au moindre bruit dans la cage d'escalier, qui court vers la porte en battant de la queue et elle, lui ordonnant de se taire, le sifflement de la bouilloire électrique dans la cuisine. Sur un écran de contrôle, tout acquiert une profondeur inattendue, des images dès lors qu'elles sont volées prennent un aspect mystérieux, comme dans ces émissions de téléréalité où la simple vue d'une fille en bikini entrant dans un bungalow qui n'est pas le sien fait figure de rebondissement. Tout voir pour tenter de comprendre. J'aurais voulu qu'elle vive. Elle aurait mérité un temps supplémentaire, comme au foot, pour compenser ses arrêts de jeu.

Je devais me contenter de ce qu'elle avait laissé. Sa chambre noire soumise à un black-out, son installation temporaire, son matériel de couchage, son grabat, son fouillis, ses draps, ses vêtements, ses objets de première nécessité disposés en éventail sur son parquet en point de Hongrie, un bivouac témoin d'une existence en rase-mottes.

Au cours des années, l'espace autour d'elle s'était rétracté. À son appartement, puis à son séjour, et enfin à son lit, au cercle lumineux de sa petite lampe qui laissait la majeure partie de la salle dans l'ombre. Rien ne l'obligeait plus à se lever. Elle disposait à portée de main de presque tout ce dont elle avait besoin. D'un geste, elle écoutait la radio, regardait la télévision, ouvrait un livre ou fumait. Elle dormait ou plutôt somnolait, elle se retournait d'un côté, puis de l'autre, cherchant le sommeil. Au bout d'un moment, fatalement, elle se réveillait, rallumait la lumière. Des paillettes, des vermisseaux devaient défiler devant ses yeux plissés. Elle pouvait deviner s'il faisait jour ou nuit aux sons amortis de la rue, au fracas du rideau de fer rose du Happy Beauty Center, en contrebas, au passage des éboueurs, aux cris d'enfants dans le jardin public. Peut-être, une fois qu'elle voyait plus clair, regardait-elle son réveil. Elle soulevait alors la tête, s'asseyait sur son matelas, prenait sa boîte de cigarillos, actionnait son briquet jetable et aspirait avec avidité une vapeur sèche. Des mouvements mécaniques qu'elle effectuait sans réfléchir et qui lui apportaient un bref instant de tranquillité.

Sous sa couette, elle trouvait rarement le repos. Même dans sa semi-torpeur, je ne l'ai jamais connue sereine, apaisée. Son repli sur soi ne découlait pas d'une forme de sagesse, d'une philosophie stoïcienne du bonheur. Elle ne prônait pas un idéal autarcique face à la vaine agitation du monde. Aucun trait commun avec Oblomov, ce personnage de roman heureux de ne rien faire, perpétuellement couché, un héros russe censé incarner l'âme d'un peuple convaincu de son immuabilité. Loin d'être une masse inerte, ma mère était la somme de forces contraires, comme un élastique immobile, mais tendu à la limite de la rupture.

Son apathie cachait une très grande nervosité. Elle ne se laissait jamais aller à la rêverie ou à l'insouciance. Même les yeux fermés, son esprit restait en éveil, elle se tenait sur ses gardes, tel un agent, mais dormant, qui attendrait un signal pour passer à l'action. C'était une femme en colère. Longtemps, elle avait voulu changer le monde. Aucune soumission chez elle, pas non plus de soulèvement, plutôt une grève générale, un sit-in permanent, des dizaines de millions de minutes de silence. Si elle ne tentait rien, c'était par peur d'échouer. Quelqu'un qui reste à terre ne risque pas de chuter.

Curieux point de départ pour un polar : raconter les aventures d'une femme couchée. Comment introduire de la tension, du suspens ou de la surprise dans une vie alitée ? Quel mystère cherche-t-on à élucider lorsqu'il ne se passe rien ? Peut-on encore parler d'un coupable, d'une ou de plusieurs victimes en l'absence du moindre incident ? Mon intrigue tombait à plat. À l'instar de mon personnage principal. Ce n'était peut-être qu'une histoire banale, celle d'une vieille dame solitaire à Paris.

Il me semble l'avoir presque toujours connue ainsi. Des décennies entre deux draps, étendue sur le dos, sur le ventre ou sur le côté, à explorer les moindres variétés de la station horizontale, sauf, peut-être, la reptation. Clouée au sol. Comme si son corps menu pesait des tonnes ou obéissait à sa propre loi de l'attraction, à une force gravitationnelle décuplée.

Durant mon enfance, elle pouvait rester allongée des journées entières. Nous habitions une maison au fond d'une impasse, dans le 14e arrondissement de Paris. Une voie privée en forme de L inversé, recouverte de pavés biscornus, bordée de pavillons et de jardinets d'un côté, d'une barre d'immeuble de l'autre. Elle demeurait, avec ses bouquins et son café au lait, sur sa loggia en bois, suspendue au-dessus de la grande pièce, presque invisible derrière les barreaux de la rambarde, elle n'en bougeait pas. D'abord jeune et indolente, pareille à une princesse endormie, plongée dans des langueurs orientales, puis, stagnante, macérant dans son jus. Et enfin, sédimentée au fond de son pieu, jusqu'à ne plus former qu'un bloc blafard, statufiée, tel un gisant sur sa tombe de marbre.

C'était une personne discrète. Elle ne faisait pas de bruit, ne gênait personne, se contentait de peu. Elle élevait rarement la voix, sauf quand elle sortait de ses gonds. Elle laissait alors libre cours à sa rage et pouvait insulter la terre entière. Le reste du temps, elle se montrait polie et réservée. Elle ne signalait sa présence que par un léger filet de fumée et ses accès de toux, de plus en plus violents avec le temps. Quand nous étions petits, elle nous foutait une paix royale. Rien à voir avec une mère intrusive, toujours sur votre dos qui vous oblige à ranger votre chambre, à faire vos devoirs. Elle nous laissait dans notre coin, au rez-de-chaussée, comme si elle nous avait oubliés. Elle paraissait heureuse de nous avoir, elle appréciait notre compagnie, elle savait rire, s'amuser, faire la fête, elle m'a transmis le goût des dîners aux chandelles et du bon vin, elle voulait du merveilleux, de l'exceptionnel, mais détestait le train-train quotidien, les tâches ménagères, les corvées quelles qu'elles soient. Elle ne nous demandait rien et attendait d'être traitée avec les mêmes égards. Il fallait la laisser tranquille, respecter son intimité, sa flemme immense, son nid douillet, surtout ne pas empiéter sur son espace vital, ne pas l'accabler avec des caprices, des besoins matériels. Elle aurait souhaité que nous vivions comme elle, à son rythme et à son échelle, si possible, au ras du sol. Son inaction s'étendait à l'ensemble de la maison. Extinction des lumières. Couvre-feu total.

On n'oblige pas un enfant à garder la chambre. J'appréciais parfois de tomber malade et d'échapper à l'école, mais je détestais cet état de convalescence permanent. J'acceptais même d'être assigné à résidence, de ne pas aller au square jouer avec les autres, de vivre entre quatre murs, mais je ne pouvais pas rester immobile. Je courais dans tous les sens, je faisais des bonds, je tournais comme un lion dans sa cage. Je tentais de m'évader. Je grimpais en haut d'un lilas tortueux planté dans l'entrée de la cour et m'asseyais à califourchon sur un mur de pierre, recouvert de touffes de chélidoine dont la sève laissait des traînées jaunes sur mon pantalon. J'apportais des biscuits et une bouteille de Coca comme si je m'apprêtais à tenir un siège. Des remparts de ma forteresse, je contemplais l'impasse et, au loin, la ville.

J'appréciais aussi de manger à une heure plus ou moins fixe et parfois de porter des vêtements propres. J'étais conformiste, comme tous les enfants, soucieux de l'image que je renvoyais à mes camarades de classe. Plus que tout, je m'ennuyais et je le faisais savoir. Je réclamais un goûter, de l'attention, du mouvement. Je trépignais d'impatience, je pleurnichais, je braillais. Cela finissait par une dispute, des cris, des récriminations. Une fois l'orage passé, chacun battait en retraite et la maison retrouvait sa quiétude d'hôpital.

Plus tard, je pris les choses en main. Les courses, la cuisine, le linge, la vaisselle, le ménage. Au début, elle me remerciait pour mon aide. Elle semblait même satisfaite d'être déchargée d'une partie de son travail domestique. Au bout d'un certain temps, mon zèle commença à l'énerver sérieusement. Plus j'empiétais sur un domaine qu'une société patriarcale considérait comme le sien, plus elle culpabilisait et se montrait agressive à mon égard. À la fin, elle ressentait chacune de mes initiatives comme un reproche, une façon détournée de la rappeler à ses devoirs. Et ça se terminait encore par des hurlements. Parfois, des gifles, des coups de pied, avec des semelles en bois qui laissaient des bleus. La mode était au sabot suédois.

Après mon départ de l'impasse, elle connut un tout autre destin, celui d'une responsable des ventes au sein de la télévision publique. Un emploi obtenu grâce à un parent haut placé où, à ma surprise, elle s'adapta très bien. Un univers climatisé, perché en haut de la tour Montparnasse, fait de plantes vertes et de dents plus ou moins longues, un peu à la Lauzier, la BD culte des années 1970. Le soir, faute de temps, elle dînait dans un petit bistrot près de chez elle, qui servait une cuisine du Sud-Ouest. L'été, elle passait ses vacances dans une île grecque. Au printemps, elle enchaînait les salons de l'audiovisuel, en Italie ou sur la Côte d'Azur. Pendant près de dix ans, et en parfait contraste avec la vie qu'elle avait menée jusque-là et celle qui l'attendait ensuite, elle se métamorphosa en une cadre dynamique toujours pressée, la bouche remplie d'anglicismes et de termes techniques que je ne comprenais pas, dure en affaires, capable de calculs de boutiquière, accumulant sur son temps libre les conquêtes, des amants beaucoup plus jeunes qu'elle, à l'instar de ses alter ego masculins. Elle correspondait aux portraits dressés à l'époque dans *Elle* ou *Marie Claire* de la femme active, capable de concilier travail et vie sentimentale.

Sur une photo de l'époque, on la voit assise en décolleté, avec ses longs cheveux châtains qui ondulent sur sa veste blanche, le poignet posé devant une flûte à champagne, entourée d'hommes plus âgés, en costume-cravate. Belle, confiante, volontaire, un sourire légèrement ironique, un peu jocondien, qui tranche avec le sérieux ambiant, elle fixe l'objectif, avec un air de défi. On la sent prête à signer le contrat du siècle avec l'un de ses voisins de table. Deux petits drapeaux, un français et un américain, flottent au-dessus de la nappe, comme pour une visite d'État.

Au lendemain de la privatisation, la chaîne adopta des règles de management conformes à son nouveau statut et commença par comprimer son personnel. Ma mère fut licenciée ou poussée dehors, je ne sais plus très bien. La perte de son emploi, alors qu'elle venait d'entrer dans sa cinquantième année, marqua la fin de sa carrière professionnelle. Le début de son retrait du monde.

Elle ne touchait plus le chômage depuis longtemps et avait, sans doute, déjà renoncé à retrouver un métier quand elle emménagea, à la fin des années 1990, au 25, rue Philibert-Lucot. Son appartement, plutôt spacieux pour une femme seule, au premier étage d'un immeuble en brique, comportait une entrée, un bureau, deux chambres, un double séjour, une cuisine et une salle de bains minuscule équipée d'un bac à douche. Au total, 65 mètres carrés, selon le mode de calcul de la loi Carrez, située en plein Chinatown, dans le triangle formé par les avenues d'Italie, de Choisy et les boulevards des Maréchaux.

Elle aimait le quartier, ses tours aux noms empruntés à un vieux catalogue du Club Med, ses dalles de béton, ses galeries commerciales. Elle se sentait bien dans cet ensemble architectural, en totale rupture avec les canons esthétiques parisiens, achevé justement, au milieu des années 1970, quand débutait la période la plus faste, la plus enthousiasmante de sa vie de cadre sup. Après avoir longtemps habité dans son cul-de-sac où tout le monde se connaissait, elle appréciait un urbanisme qui, en bouleversant la trame de la ville et son tissu social, lui assurait une forme d'anonymat. Peut-être, dans ses désirs de voyages lointains, voulait-elle aussi se rapprocher des portes de la cité, de ses rues qui se terminaient en nationales, de ses échappées autoroutières vers le Midi ou l'aéroport d'Orly ? Elle se voyait, sur un coup de tête, partir à l'autre bout de la planète. Encore un rêve jamais réalisé. Qu'importe. Elle était déjà ailleurs. Au milieu d'une population à majorité asiatique, elle jouissait du sentiment paradoxal d'être invisible. Au moins, sur ce point, avait-elle réussi. Nul émail municipal ne dira un jour que Françoise L. a vécu là.

Que fait « Sophie » parmi eux ? Elle ne partage pas leurs codes. Elle ignore tout des sigles, des abréviations et des théories dont ils l'abreuvent. Elle n'avait jamais milité avant de les rejoindre. Contrairement à eux, elle est dépourvue de toute culture politique. Elle ne rêve pas de lendemains qui chantent, encore moins de devenir Rosa Luxemburg, la Pasionaria ou Vilma Espin pour la simple et bonne raison que ces noms ne lui disent rien. Ça viendra plus tard. Elle est constamment en décalage avec ses compagnons. Quand elle ne les suit pas, elle les précède. Ils découvrent la fac. Elle recommence ses études après un premier échec. Du coup, elle a deux ou trois ans de plus qu'eux. À leur âge, autant dire une éternité. Ils sont toujours mineurs, elle possède depuis peu la majorité légale. Elle est à la fois plus vieille et plus immature. Elle conservera toute sa vie un côté femme-enfant.

Elle arrive de l'Ouest, pareille aux vents chargés de pluies. De cette partie du 16e arrondissement qui cultive un accent dental et pratique le tennis sur terre battue. Un quartier tranquille entre la place Victor-Hugo et la porte Dauphine. Peu de gens, peu de bruits. De grandes artères dépourvues de commerces, bordées d'arbres et de grilles opaques. De rares passants qui marchent plus lentement qu'ailleurs. Appartement spacieux, avenue Bugeaud, du haussmannien avec balcon en fer forgé, meubles un peu clinquants, style Empire, cuisine moderne en Formica qui donne sur l'escalier de service. Une existence amortie, feutrée comme la moquette bleu lavande posée sur le sol ou le voilage qui recouvre chaque fenêtre.

Elle naît à une trentaine de kilomètres de là, toujours dans la direction du couchant, à Verneuil-sur-Seine, une commune encore rurale, bâtie à flanc de coteau, dans un méandre du fleuve. Une petite enfance pavillonnaire marquée par l'Occupation et les bombardements alliés sur la gare de triage toute proche. Sur ses copies d'écolière, elle décrit une maison au toit rouge, aux pieds emmitouflés d'arums et d'agapanthes. Sa mère ne travaille déjà plus. Son père, médecin de campagne, effectue ses visites à moto et rapporte du lait et des œufs en guise d'honoraires. Bientôt, sa surdité l'empêche d'exercer. Il doit reprendre ses études et déménage à Paris. Le voilà radiologue. Pas besoin d'une bonne audition pour sonder des corps aux rayons X.

Dans sa tête, elle vient de plus loin encore, du plus loin qu'il soit possible sans traverser la mer, de l'extrémité de sa presqu'île ourlée de varech et cousue de lichen orange, un cap où tout se mesure à l'échelle de Beaufort. Chaque été, elle remonte en voiture la « route de la Libération » jalonnée de bornes roses qui lui font penser à des glaces à la fraise, et retrouve le Cotentin de ses ancêtres, sa chambre cabine à l'odeur de sel, son vélo de vieille dame avec ses freins à tringles, sa plage en forme de crabe qu'elle n'aime pas partager, son rocher plat, toujours le même, un monolithe lisse comme un galet, couché en bas de la cale. Elle se baigne quand il n'y a personne à l'heure du déjeuner ou de l'apéro. Elle parcourt son pays de brume avec une âme de propriétaire. Comme si son grand-père, retraité des douanes, lui avait légué tous les chemins creux. Les sentiers du littoral ne portent-ils pas le nom de son corps d'origine ?

D'une humeur rêveuse, elle parle peu et apprécie la solitude. Seule sa mère la met hors d'elle. Ces deux-là ne se supportent pas. Elles se chamaillent à tout bout de champ et pour rien. Quelques gouttes d'eau sur le rebord d'un évier, une mèche rebelle, une toile cirée parsemée de miettes de pain, des semelles mouillées, une clef manquante au tableau suffisent à provoquer un drame. Pour échapper à la tyrannie maternelle, la fillette se réfugie dans la lecture. Elle dévore des romans populaires anglais, les aventures du Mouron rouge de la baronne Orczy ou les exploits de Worrals, une aviatrice créée par Captain W. E. Johns pendant la Seconde Guerre mondiale. Plus tard, ce sera Balzac, Dickens, Gide, Jack London, Thomas Hardy. Elle délaisse ses devoirs de classe pour la littérature et essuie encore une fois des remontrances. Afin de bouquiner tranquille, elle se cache sous les tables.

Ses parents incarnent l'essor des classes moyennes au cours de la seconde moitié du XXe siècle. Même origine, même parcours, même souffrance. Deux Normands enracinés dans une terre synonyme de ruralité, de bocage, de prudence. L'un et l'autre orphelins. Il ne connaît pas son père, un dragon tombé à la guerre d'avant, celle de 1914. Elle fait figure de survivante : une mère, un frère et une sœur emportés par la tuberculose, un père douanier resté veuf, inconsolé, neurasthénique. Deux élèves méritants, deux boursiers. Reçue à l'École normale de Coutances, elle devient institutrice. Il finance ses études en tapant dans un ballon. Le football professionnel n'existe pas encore, mais on s'arrange avec des enveloppes, des petits boulots. Il mesure un mètre quatre-vingt-cinq et fait un peu penser à Gabin. Sur les photos, elle ressemble à Louise Brooks, la star de l'époque, avec ses grands yeux et son casque de cheveux noirs.

Purs produits de l'école publique, celle du « diable », comme on dit dans leur contrée à dominante catholique et monarchiste, ils défendent farouchement la laïcité, la république, le progrès, tout en restant attachés à la société paysanne traditionnelle dont ils sont issus, à son modèle patriarcal, à ses valeurs de travail, de frugalité, d'épargne, à l'idée de posséder des biens matériels, d'avoir des maisons, des jardins, des champs, quelque chose à transmettre à leur progéniture. Ce sont des gens habitués à scruter le ciel par gros temps. « Gouverner, c'est prévoir », répète le père quand, à l'approche du repas, il part acheter un steak chez le boucher.

Il va s'enrichir grâce au boom de l'automobile et au développement de la Sécurité sociale. À la fin de l'internat, il décide de repartir vers l'ouest et d'exercer sa nouvelle spécialité à Poissy, près des usines Simca. Un coup de génie. Une radio des poumons est obligatoire à l'embauche. Les ouvriers défilent dans son cabinet, les bras en croix et le torse bombé. Sans avoir lu Roland Barthes, lui et son épouse adhèrent à toutes les mythologies de leur époque : peut-être parce qu'ils lui doivent leur prospérité, ils ne jurent que par la voiture, ils roulent en DS, comme le chef de l'État. Dès qu'ils peuvent, ils prennent la nationale 13 et glissent sans bruit, entre deux murs de platanes, sur leur suspension hydropneumatique. Ils acquièrent très vite une maison secondaire, une fermette à poutres apparentes, où passer leurs week-ends. Ils se délassent en poussant la tondeuse ou en mangeant des Tuc devant la télévision. Ils ne conçoivent pas un repas sans la viande rouge dont ils ont été privés durant leur enfance.

Ils achètent *Le Figaro*, lui pour les pages politiques, elle pour les mots croisés, et, bien sûr, ils sont gaullistes. Ils vouent un culte à leur président en uniforme. Ils suivent ses conférences de presse télévisées dans un silence monacal et relisent ses *Mémoires* comme si c'était le *Petit Livre rouge*. En famille, ils parlent rarement de la chose publique et encore moins des « événements », comme on dit alors. Quand leur fille critique le sauveur de 1940, leur héros, ils l'engueulent comme si elle avait dit un gros mot. S'ils connaissaient son action militante, ils la renieraient aussitôt. Ils ne sont pas loin de penser que ceux qui œuvrent contre le Général, son armée, sa police et sa Ve République, ne méritent qu'un châtiment : douze balles dans la peau.

> *« Malgré ses cent dix kilos,*
> *il avançait vite et sans bruit,*
> *avec l'agilité d'un animal. »*

Earnest ne présentait aucun symptôme de rage et se trouvait en parfaite santé lorsqu'il attaqua Lison Silberstein, le 7 juillet 1996 à Paris. Le certificat qui l'attestait, délivré à l'issue d'une période d'observation de quinze jours et doté du numéro 0571076, ne fournissait en revanche aucun renseignement sur l'état de la victime, ni sur la gravité de la ou des morsures qu'elle avait subies. Qui était-elle ? Une simple passante ? La propriétaire d'un autre chien tout aussi teigneux ? Une commerçante résolue à protéger sa devanture contre les déjections canines ? Une femme souffrant de zoophobie, prise de panique à la vue de cette petite boule de poils aux oreilles pointues, au masque noir, mais à la forte mâchoire ? Où et dans quelles circonstances avait-elle été blessée ? Le vétérinaire, un certain docteur Martineau, qui avait ordonné la mise sous surveillance de l'animal, ne le précisait pas.

J'ignore pourquoi ma mère conservait précieusement dans un tiroir de son bureau le formulaire rose qui lui était destiné, ainsi que les deux duplicatas bleu et vert qu'elle aurait dû remettre à la personne mordue et à « l'autorité investie des pouvoirs de police ». Redoutait-elle, des années après, des suites judiciaires ? Un procès ? La fourrière ? Un ordre d'abattage ? Le port obligatoire d'une muselière ? Je la soupçonne d'avoir gardé ces papiers comme des trophées. Une preuve de la pugnacité de son champion, un cairn terrier d'un naturel revêche. Elle était fière de lui. Elle admirait son esprit combatif et les rugissements terribles qui sortaient de son corps au format de poche. Chaque fois que son nain de jardin tenait tête à un molosse, elle proclamait d'un ton ravi : « C'est un mâle dominant. »

Son chef de meute ne portait pas un nom de cabot, mais de cabotin. Un nom de scène, tiré d'une comédie d'Oscar Wilde, *The Importance of Being Earnest* (traduit habituellement par « L'Importance d'être constant »). Un jeu de mots fondé sur l'homonymie entre Earnest, sérieux, en anglais, et Ernest, le personnage principal de la pièce, un jeune homme à la double vie dissolue et rangée, qui tourne en ridicule l'hypocrisie victorienne. Bien qu'un peu snob, ma mère ne manquait pas d'humour. Earnest, c'était son Dr Jekyll. Son avorton et sa bête fauve. Pour ma part, je l'avais baptisé « Ernst », un prénom dont la consonance gutturale me paraissait plus appropriée à son esprit de conquête. Je ne supportais pas ses rictus grimaçants, ses couinements de vieux Chinois, ses pattes filandreuses, fébriles, grattouillantes.

Je ne parvins jamais à saisir la complexité de son caractère. Mais comprend-on qui que ce soit ? Ayant failli perdre à un très jeune âge l'usage de mon œil droit sous les crocs d'un de ses semblables, quoiqu'un peu plus gros, dans mon souvenir – je jouais alors à quatre pattes entre les tables d'un restaurant et empiétais vraisemblablement sur son territoire –, j'ai toujours eu du mal à considérer le chien comme le meilleur ami de l'homme. J'avais fini par m'habituer à sa présence, mais je le tenais à distance. Je devais être également un peu jaloux de ce mâle dominant, du seul mâle que ma mère tolérait encore, de l'affection immense qu'elle lui portait, un pur témoignage d'amour qui n'attendait rien en échange, un bonheur sans nuages.

Avec le recul, je reconnais qu'il produisait sur elle un effet salutaire. Il l'obligeait à quitter son bunker au moins une fois par jour, à prendre l'air, à renouer avec le monde, à ouvrir la bouche. Elle lui parlait, elle l'interrogeait. Peut-être même lui fournissait-il un prétexte pour converser avec d'autres propriétaires de chiens ? Quelques propos attendris pendant que les deux quadrupèdes se reniflaient le derrière, puis tentaient, généralement sans y parvenir, de se grimper l'un sur l'autre. Earnest remplissait un vide, il structurait son quotidien. Il était son principal, sinon son unique interlocuteur. Comme beaucoup de gens, elle commettait l'erreur de lui prêter des schémas cognitifs qui n'ont de sens que dans un contexte humain. Il aboyait au moindre bruit de pas dans la cage d'escalier. Lorsque ses jappements frisaient le trouble du voisinage, le tapage nocturne ou diurne, elle le grondait d'une voix douce, tel un petit enfant. « Tu vas te taire ! » roucoulait-elle. « Mais ça suffit ! » Des remontrances qui sonnaient comme autant d'encouragements. À l'instar de n'importe quelle bête domestiquée depuis des centaines de milliers d'années et dont la principale motivation consiste à attirer l'attention de ses maîtres, il s'empressait de recommencer.

Je n'entendis jamais ma mère vanter les mérites de son cairn terrier pour sa conformité avec un modèle type, une série de traits extérieurs – couleur de la robe, longueur des pattes, forme du museau –, défini par des sociétés canines au XIXe siècle et entretenu depuis par une reproduction sélectivement orientée. Elle désapprouvait toutes ces théories raciales et eugénistes. À cause de ses poils drus, entremêlés, broussailleux, pareils à une vieille barbe, il aurait dû être brossé deux fois par semaine, mais elle se foutait de son apparence, de son pelage couleur serpillière, de sa queue en plumeau, de son museau crasseux. Elle ne comptait pas le faire concourir au Paris Dog Show. Ce qu'elle aimait chez lui, c'était son appellation d'origine. Son label écossais. Ses prétendues ascendances celtes. Un haut lignage ou supposé tel qui renvoyait à des tombes de pierre. Elle l'associait à des images de landes battues par les vents, couvertes de chardons et de bruyères, à des odeurs de tourbe et à de féroces guerriers en jupettes. Le cairn terrier démontre le pouvoir des marques à générer des histoires, même les plus invraisemblables.

Il nourrissait son imaginaire avec son nom de dandy oxfordien, ses références théâtrales, son côté vieilli en fût, certifié *Pure Malt*. Elle voyait en lui le compagnon idéal d'une romancière retirée dans un cottage du Connemara ou une maison-tour de l'île de Skye, battant la campagne, un châle autour des épaules, après avoir couché sur le papier sa ration quotidienne de crimes plus ou moins parfaits. Earnest était appelé à rejoindre le panthéon des bêtes, il devait reposer aux côtés de Toby, le bouledogue de Colette, et de Bébert, le matou tigré de Céline. À sa mort, elle l'enterra sous un tumulus.

Pour lui trouver un successeur, elle fit appel à la SPA plutôt qu'à je ne sais quel châtelain autoproclamé éleveur. Elle passa en revue une troupe glapissante derrière une allée grillagée et prit le premier venu, un bâtard baptisé Chips, aux yeux mouillés de reconnaissance. Elle remplaça son chien de race *made in Scotland* et court sur pattes par un pauvre hère dépourvu de tout pedigree. Elle vantait sa douceur notamment avec les tout-petits. Elle prétendait qu'il avait appartenu à un couple avec des enfants en bas âge, avant d'être abandonné, suite à un divorce, un déménagement ou simplement un départ en vacances. En adoptant un réprouvé, sans domicile fixe, un être esseulé dans lequel elle devait se reconnaître, elle voulait signifier quelque chose. Le fait est que l'arrivée de Chips marqua une nouvelle période dans sa vie. Un changement de statut. Le début d'une existence plus recluse. Une forme de laisser-aller. Surtout, la fin de ses ambitions d'écriture.

Ma mère traitait son nouveau compagnon sur un strict pied d'égalité. Tous deux se couchaient, se levaient et sortaient aux mêmes heures. Et si j'en crois les tickets de caisse du G20, archivés eux aussi avec soin dans des chemises et classés par ordre chronologique, ils mangeaient à peu près la même chose. Des plats préparés, du sous-plastique. Pour elle, de la *junk food* vendue dans des boîtes carrées, triangulaires ou parallélépipédiques. Des sandwichs suédois œuf-saumon, un pavé de veau-cèpe-purée Paul Bocuse, un chili con carne Garbit, de la brandade de morue. Des barquettes individuelles. Cela évite les restes. Quelque trois cents grammes de graisses saturées, d'acides gras trans, de sel et de sirop de maïs à haute teneur en fructose. En comparaison, son chien jouissait d'une alimentation équilibrée, riche en vitamines, minéraux, fibres et oméga-3, avec une alternance de Cesar poulet, agneau ou veau. Et, parfois, des terrines de légumes (carottes et haricots verts). Des rations également de trois cents grammes, pour ne pas faire de jaloux, servies dans des boîtes en aluminium.

Plus tendre, plus gentil, Chips était aussi beaucoup plus stupide que son prédécesseur et fut aussitôt surnommé Rantanplan par ma sœur et moi. On a beau avoir prouvé que les membres de son espèce possèdent des capacités linguistiques supérieures à celles des grands singes et comprennent moult réactions humaines, il ne répondait à aucune des consignes verbales les plus élémentaires. À commencer par Stop ! Couché ! Au pied ! On ne bouge plus ! Arrête ou je tire (son collier, même si l'idée de lui envoyer une décharge de chevrotine m'a effleuré) ! À peine mettait-il une patte dehors, il filait comme un dératé. Aucun ordre, aucune menace, aucune entrave ne pouvait freiner sa course folle. Ma mère qui, dans son appartement, ne quittait pas son lit, sauf pour se faire un café, commençait à cavaler dès qu'elle franchissait la porte de son immeuble. Sa sangle tendue à l'horizontale lui cisaillait le poignet, lui arrachait presque le bras. Elle trottinait derrière son chien fou sifflant et haletant comme un tuberculeux. Impossible de dire qui des deux tenait l'autre en laisse.

Il n'avait pas vraiment d'habitudes. Il ne suivait aucun itinéraire établi. Il pouvait traverser la rue sans prévenir, de préférence au passage d'une voiture, rebrousser chemin, tourner plusieurs fois sur lui-même, en enroulant sa bride en cuir autour d'un panneau indicateur. Il se laissait exclusivement guider par son odorat. Il partait ventre à terre, le museau en éveil, reniflant par à-coups. D'un caniveau à l'autre, il discernait des nuances d'ammoniac, d'abricotier, de camphre ou de soufre. Là où d'autres n'auraient vu que des taches suspectes étalées sur le macadam, il identifiait des assemblages de senteurs et les lisait comme autant de cartes de visite. Tout un univers social et érotique s'ouvrait à lui. Il s'intéressait en particulier aux substances émises par ses congénères du sexe opposé et à bien d'autres humeurs aux origines diverses qu'il n'est pas nécessaire de détailler ici. Lui-même jalonnait son chemin de sécrétions probablement fort instructives que ma mère, par paresse, fierté mal placée ou refus des règles établies, jugeait inutile de ramasser. Il avait enfin la fâcheuse manie de lever la patte dès qu'il croisait une pile de périodiques posés au ras du sol, devant un kiosque ou une maison de la presse. Sans doute à cause du grammage, du grain, de l'épaisseur de son papier, le journal *Libération* qui assurait alors mon salaire semblait constituer sa litière préférée.

Pour échapper au regard réprobateur des riverains chaque fois qu'il s'accroupissait, et plus encore aux vociférations, aux coups de pied des kiosquiers, elle devait, je suppose, le promener de préférence la nuit, quand les rues se vident. Portée à l'introversion, surtout vers la fin de sa vie, elle limitait ainsi les occasions de socialiser que les chiens, par leur seule présence, ne cessent de créer autour d'eux. Elle évitait surtout de fâcheuses rencontres. À minuit, elle ne risquait pas de retomber sur Lison Silberstein ou une autre victime d'Earnest restée anonyme. Elle profitait de l'obscurité pour se fondre dans la ville, pour s'effacer, n'être plus qu'un point incandescent et mobile, l'extrémité d'une cigarette qui se consume.

Ensemble, ils marchaient sans fin, sans but précis, en l'absence de toute route. Dans ses divagations, son guide pouvait l'entraîner n'importe où. Le long de la petite ceinture, rue Regnault ou rue des Malmaisons, sous la dalle des Olympiades transformée par endroits en plantation de soja, sur des parkings désaffectés ou aux abords herbeux du périphérique, aux interstices laissés en friche, autour de la porte d'Italie. Dans des lieux vagues, indéfinis, situés aux confins de la cité, dans ce no man's land appelé autrefois la zone. Chips était un chien non pas errant, mais féral, une espèce domestiquée retournée à l'état sauvage, comme il en apparaît soudainement dans les pays en guerre. Le symptôme d'un relâchement, d'un désordre, d'un déchaînement de violence, d'un recul civilisationnel, qui pour sa maîtresse, sans même parler du reste de l'humanité, n'augurait rien de bon.

Au gala annuel de Sciences Po, son père lui sert d'escorte. Il a tenu à l'accompagner. Je l'imagine en habit, se raclant la gorge, comme chaque fois qu'il est troublé, et elle en robe du soir, avec sa gueule des mauvais jours. Il veut assister aux premiers pas en société de sa fille, veiller sur elle, car c'est une demoiselle timide et rangée. Et être accepté lui aussi, être adoubé dans ce monde qui n'est pas le sien, gravir avec elle le grand escalier au rythme d'une valse viennoise, lui tenir le bras, comme à l'église, signifier par sa présence qu'elle peut être courtisée et demandée en mariage. Il l'expose, il la lance. Il procède à son introduction en Bourse et évalue sa cote à l'intensité des regards. Difficile de savoir qui des deux attend le plus de ce bal des débutantes.

Sa vie aurait pu prendre une tout autre direction. Longtemps, ses parents chercheront à s'en convaincre. Ils se remémoreront ses allures de petite fille modèle, sa scolarité brillante en cherchant l'erreur. Bac avec mention au lycée Molière, accessit au concours général, hypokhâgne à Janson-de-Sailly. Et maintenant, l'Institut d'études politiques de Paris, la fabrique des technocrates, la meilleure agence matrimoniale de France. En première année, elle est major de sa promotion. Ils la croient sur des rails, les leurs, la même ligne droite qu'ils suivent depuis les bancs de la communale. Leur fille va parachever leur rêve d'ascension sociale. Ils la voient déjà épouse d'ambassadeur ou de conseiller d'État, voire dans la carrière, elle aussi, pourquoi pas – les choses évoluent tellement vite, le temps de faire des enfants et de retrouver une vie domestique dans l'Ouest parisien.

Durant sa troisième et dernière année, elle tombe amoureuse d'un étudiant qui, comme on dit, présente bien. Un mauvais timing à l'approche de l'examen final. Mais après tout, elle est là pour ça, pour trouver un beau parti. Le garçon possède une particule et prépare le concours de l'ENA. Aucun autre détail n'est disponible sur cet individu qui va pourtant jouer dans cette histoire un rôle important. Rien sur ses quartiers de noblesse ou son physique. Sans même parler de ses opinions politiques. Il peut être rachitique et sympathisant de l'OAS. Des hypothèses pas totalement farfelues dans le contexte de l'époque. Pour le séduire, elle propose de l'aider. Elle commence à lui servir de répétitrice. Très vite, elle se prend au jeu et se consacre entièrement à son champion : elle l'entraîne à passer le grand oral, lit les ouvrages inscrits à son programme, tente d'améliorer sa culture générale, lui rédige des fiches sur des bristols à carreaux. Elle en fait trop. Il la traite comme une vulgaire groupie. Il l'exploite, la néglige, finit par l'éviter. Elle sombre dans la dépression et rejette tout en bloc, l'élève et l'école. Elle ne va plus en cours et délaisse les manuels qui lui rappellent ses peines de cœur et, pire encore, les affres de l'humiliation. Le jour des épreuves, elle reste couchée. Elle n'obtiendra jamais son diplôme.

Depuis, elle végète, elle s'ennuie, elle feint l'indifférence à tout. Elle boude Le Basile et Le Bizuth, les deux troquets où elle avait l'habitude de retrouver ses quelques amis en robe à col Claudine ou en trench Burberry. Elle ne voit pas grand monde. Son échec renforce ses prédispositions à la solitude. Elle passe beaucoup de temps dans son lit à contempler un papier à fleurs qu'elle déteste et à écouter sur son pick-up *Let's Dream in the Moonlight* de Billie Holiday, et *Moanin'* des Jazz Messengers. Durant ces journées interminables, elle se demande ce qu'elle va faire de sa vie. Elle rêve d'elle-même. Elle est travaillée par des désirs contradictoires. De réussite et d'émancipation. En gros, elle souhaite être à la fois plus et moins bourgeoise que ses parents, plus chic, plus cultivée, mais aussi plus libre, plus bohème.

De guerre lasse, elle s'inscrit en anglais. Par amour pour une langue et une littérature qui lui rappellent son coin de bocage entouré d'eau, en dépit d'une histoire commune plutôt tumultueuse. Au cours de ses promenades au phare ou de ses échappées dans la lande, elle est ailleurs, dans ses livres, dans Virginia Woolf, Jane Austen ou les sœurs Brontë. Aucun projet de carrière derrière son choix. Elle n'est pas tentée par l'enseignement ou la recherche. Elle ne se voit pas davantage traductrice ou interprète. Si elle s'approprie une culture étrangère, c'est pour échapper à elle-même, être quelqu'un d'autre, s'inventer une vie différente ; elle préférera toujours la fiction à la réalité. Des années après, sa découverte d'August Strindberg la conduira à apprendre le suédois.

Elle alterne des coups de désespoir, des moments de vide et des périodes d'exaltation. Elle se sent jeune, bêtement jeune, comme une héroïne de Sagan. Elle étouffe dans son cocon passé au plumeau et à l'aspirateur. Quand elle se regarde dans le miroir, elle se dit qu'elle va faire de grandes choses, mais quoi ? Elle éprouve un besoin désespéré d'imprudence. Avec son frère cadet, elle a vite appris à s'affranchir de la tutelle parentale. Enfants, ils profitaient des nuits de garde du père pour filer au cinéma ou jouer aux cartes jusqu'à l'aube. Elle trouve excitant de braver les interdits. Lorsqu'elle prend des risques, au moins, elle est vivante. Elle aime la peur, la nervosité qui précèdent le passage à l'acte, et le calme, presque le soulagement, face au danger.

Pendant longtemps, ses entorses à la loi commune se réduisent à de menus larcins. Elle est un peu cleptomane. Elle vole des objets généralement sans grande valeur qu'elle saisit d'un geste sûr, l'air de rien, à ma connaissance, sans jamais se faire pincer. Elle commence par chaparder de l'argent dans le porte-monnaie familial et les clopes de son frère cadet qui monte des expéditions punitives dans sa chambre, puis des cuillères, des cendriers métalliques dans les cafés et les restaurants, des stylos à la papeterie ou sur la table de son voisin, des culottes aux rayons lingerie des Grands Magasins, des paquets de gâteaux, des boîtes de conserve à l'épicerie du coin, et des livres, des romans. De préférence au sous-sol de La Joie de lire, la librairie de la rue Saint-Séverin. Par commodité : François Maspero, son propriétaire, également éditeur – il publie des témoignages d'opposants à la guerre –, n'ayant pas la mentalité d'un vigile.

> « *Le corps est encore allongé
> dans la posture où on l'a trouvé,
> sur le ventre, bras dressés au-dessus de la tête,
> dans une caricature de nage ou d'envol.* »

Tout la rattachait au roman noir, à un univers noir, à une littérature qui vise moins à résoudre une énigme qu'à montrer la noirceur de la société. Son rejet de l'ordre établi, son caractère atrabilaire, son pessimisme foncier la portaient naturellement vers des auteurs qui s'appliquent à dépeindre des villes pourries, des mondes dominés par des salopards, où le héros ne peut compter sur personne et ne vaut en général pas mieux que les autres. Il n'est pas nécessaire d'être un grand spécialiste pour reconnaître dans ses ébauches de textes l'influence des maîtres du genre, des auteurs américains qu'elle adulait comme Dashiell Hammett, David Goodis, James Cain ou Raymond Chandler. À travers les thèmes qu'elle abordait, la banlieue, les beurs, l'homophobie, le sida, les femmes ou le voyeurisme, elle s'inscrivait aussi dans une lignée plus récente, le néopolar, un sous-courant littéraire issu de Mai 1968 qui procéda à une critique en règle du capitalisme monopoliste d'État des années Pompidou et mit en scène des exclus, des marginaux, des humbles, des petits.

Elle avait forcément prévu un meurtre à un moment donné. C'est la loi du genre. On n'y échappe pas. À moins de rompre le contrat implicite passé avec le lecteur, il faut un cadavre par livre et si possible assez vite, histoire de créer du suspens et de passer aux choses sérieuses. Regarder des gens à travers des jumelles, c'est bien, mais ça finit par devenir lassant. La forme policière suppose du sang, une enquête, un mystère dont la clef ne sera fournie qu'à la fin de l'ouvrage. L'identité du guetteur, par exemple. Un nom derrière le « il » réduit auparavant à une silhouette dans l'obscurité et une voix anonyme au téléphone. Autre règle de base : l'homme ne peut pas être un parfait inconnu. Il doit avoir déjà été présenté, de préférence dès les premiers chapitres, sous des traits qui, a priori, inspirent confiance, ceux d'un bon père de famille, d'un ami de longue date, du voisin affable. Le coupable idéal est toujours un être paradoxal : à la fois voyant et discret. Un personnage à ce point évident qu'il en devient invisible. Jusqu'au dénouement, il ne figure pas parmi les principaux suspects, ou alors, il en a été très vite écarté. Mais dès que le masque tombe, sa culpabilité doit sauter aux yeux, comme si depuis le début elle avait été flagrante. Bon sang, mais c'est bien sûr ! Ça ne pouvait être que lui !

Dans un film à suspens, disait Alfred Hitchcock, le gentil peut éventuellement être raté, falot, insignifiant, sans saveur. Le méchant, en revanche, ne tolère aucune médiocrité. Ma mère ne se serait pas engagée dans une telle entreprise sans avoir dès le départ une idée assez précise de son voyeur. Afin de l'ancrer dans le réel, elle ne s'était pas contentée de puiser dans son imaginaire, sa vaste culture livresque et cinématographique ou dans des publications de nature plus scientifique, des revues de criminologie, des études de pathologie mentale. Pour composer son être de papier, elle s'inspirait forcément, comme tous les romanciers, de gens qu'elle avait connus ou simplement croisés au cours de sa vie. Peut-être était-il, selon un procédé classique, la somme de plusieurs caractères. Ou alors le double d'une personne existante. Une figure qui la hantait. Tout projet d'écriture part d'une obsession. « À quoi bon, demandait Georges Bataille, un roman auquel son auteur n'a pas été contraint ? »

Par beaucoup d'aspects, le méchant de l'histoire lui ressemblait. Plusieurs passages de son manuscrit me faisaient penser à elle : « Il se sentait sans volonté, en suspens, avec des choses à faire, des tâches à accomplir, qu'il remettait à plus tard. » Comme elle, il souffrait d'une « maladie de langueur », suivant la formule en usage au XVIIIe siècle, il vivait seul et passait l'essentiel de son temps reclus dans son appartement à observer le monde à travers sa lucarne. Lui aussi tenait une sorte de journal. Il avait la manie de noter ses moindres réflexions, ainsi que les objectifs qu'il s'était fixés pour la journée. De la même manière qu'elle, il avait accumulé à la longue, en haut de son armoire, « des piles de carnets remplis d'annotations plus ou moins codées. Il ne les relisait jamais, mais ne pouvait se résoudre à les jeter ».

J'attendis presque un an avant de feuilleter les siens. Du moins, les neuf exemplaires sauvés du massacre. Choisis au hasard, ils différaient tous par la couleur de la couverture, la qualité du papier et le format. Un simple carnet Clairefontaine, à petits carreaux, retenu par une spirale, un agenda à l'enveloppe rigide et festonnée, avec un onglet pour chaque lettre de l'alphabet, deux blocs-notes jaunes de la marque Rhodia, perforés de quatre trous, un modèle de carton à dessin revêtu d'un tissu bleu et muni d'un crayon, deux petits livrets reliés en basane ou en plein chagrin, fermés avec un élastique, ou encore un cahier à torsade, de la taille d'un passeport, rouge bordeaux, cette fois. L'un d'eux comportait en exergue une citation du poète anglais William Cowper destinée à décourager les indiscrets tels que moi : « Le savant est fier d'avoir tant appris. Le sage est humble d'en savoir si peu. »

Ils formaient un bloc disparate dans ma bibliothèque, comme un corps étranger. Au début, je les contemplais sans oser les toucher. Je leur prêtais les pouvoirs maléfiques de vieux grimoires. Je ne me sentais pas en droit de les posséder, encore moins de les lire. Ils ne m'appartenaient pas. En les prenant, j'avais eu l'impression de commettre un vol, de piller une tombe ou de pirater un disque dur. Je m'emparais du passé d'une femme qui ne s'était jamais confiée à personne, pas même à ses enfants. Je forçais son intimité. Je fouillais dans ses poches, je retournais son petit sac en cuir qui ne la quittait jamais. Plus encore que de la culpabilité, j'éprouvais une appréhension. Je redoutais de trouver de la tristesse, de la haine, un épanchement bilieux, quelque chose de noir, de très noir. J'étais terrifié à l'idée d'entrer dans sa tête, de connaître ses désirs, de partager ses fantasmes, ses cauchemars, de contempler, de toucher ses blessures.

Ses calepins pouvaient aussi receler des trésors. Des fragments, des petits riens, des pointillés qu'il suffit de relier pour reconstituer une vie entière. Une écriture qui donne du sens à l'insignifiant. Des grains de sable racontant un monde disparu. Comme les tablettes de buis que les Romains portaient à la ceinture et sur lesquelles ils gravaient le tout-venant, des rendez-vous, leurs pensées, leurs impressions, des faits minuscules, sans importance, qui dépeignent leur quotidien mieux que n'importe quel livre d'histoire. Ou, mieux encore, des choses vues, des esquisses, pareilles à celles réalisées par les peintres avant de passer à l'exécution d'une œuvre. Comme les carnets d'Émile Zola, ses recueils de notes prises sur le terrain qui lui servaient à préparer ses romans, des enquêtes quasi ethnologiques auprès des mineurs du Valenciennois, des spéculateurs boursiers, des cheminots de la gare Saint-Lazare, des paysans de la Beauce ou des cocottes des beaux quartiers.

Quelle sorte de diariste était-elle ? Je ne me souvenais pas de l'avoir jamais surprise en train d'écrire quoi que ce soit. Elle devait accomplir son rituel loin du regard des autres, une fois seule, rencognée dans son lit, sous le halo jaune de sa lampe de chevet. Avec ses mots, ses choses consignées jour après jour, cherchait-elle à remplir un vide ou évacuer un trop-plein ? Dans ses cahiers, elle pouvait plonger au plus profond d'elle-même, renouer avec son « atome intérieur », comme disait Amiel, mettre de l'ordre dans ses pensées, stabiliser ses souvenirs, recouvrer son identité ou se réinventer, devenir celle dont elle avait toujours rêvé d'être, et aussi se lâcher, s'abandonner, refaire le monde, critiquer la terre entière, exprimer enfin ses opinions sans redouter d'être contredite ou jugée. Elle trouvait là, dans cet espace protégé, fermé par un élastique, une liberté dont elle avait toujours été privée. Derrière sa couverture en moleskine, pas de honte, de crainte d'en faire trop, de dire des bêtises, d'être ridicule.

Un jour, bien sûr, je les ouvris. Je les parcourus un par un, sans sauter une page, de peur de passer à côté d'une information essentielle. Je reconnus aussitôt son écriture arrondie et souple, son trait appuyé, son usage systématique d'un feutre violet, sa méticulosité, son souci de l'ordre, son habitude, qui avait le don de m'agacer, de glisser partout des anglicismes, à la façon d'une Odette à Combray. Beaucoup de « *get cash* », de « *phone* », de « *meat for dog* », un « à faire *morning* », suivi d'un « réveillée *early* ».

Elle indiquait à chaque fois la date, l'heure, à la minute près. « Dimanche 29 juillet 2001, première cigie à 6 heures, deuxième cigie à 6 h 30, troisième cigie à 6 h 50. Rien jusqu'à 9 h 55… 37e cigie à 23 h 17, 38e cigie à 23 h 40. » La première fois que je tombai sur ses interminables énumérations, je crus lire « ci-gît ». Elle n'enterrait que des « clous de cercueil », comme disait Humphrey Bogart. Elle notait chacune des cigarettes qu'elle fumait. Plus de 40, le 30 juillet 2001, 37 le jour d'après, 39 le 1er août, 34 le 2 août… Et ainsi de suite, pendant des mois, des années. Entre deux « cigies », elle inscrivait des mots qui ne me disaient rien et que je devinais être des médicaments, ainsi que des montants en francs, puis en euros, des retraits, des chèques, des paiements en Carte bleue, effectués auprès de différents établissements bancaires, ou des achats – un four électrique, un matelas double, une « table Louis-Philippe sympa », un couvre-lit en coton blanc… Elle ne tenait pas un journal intime, mais un livre de comptes.

Ses carnets ne racontaient aucune histoire, seulement une forme de monomanie. Des listes, des relevés, des tableaux, des soldes correspondant à des inquiétudes, des dépenses, des addictions. Chaque paquet de tabac qu'elle entamait, chaque comprimé qu'elle avalait, chaque somme d'argent qu'elle sortait. Un été, elle entreprit de calculer la quantité de vin qu'elle ingurgitait quotidiennement, dans le but évident de ralentir sa consommation. « Dimanche, *wine* 5 + 3 = 8, lundi : 2,5 + 4 = 6,5, mardi : 4 + 3 = 7, mercredi : 3,5 + 4 = 7,5... » Avant un voyage, elle recopiait les indicateurs des chemins de fer. Intégralement. L'ensemble des départs et des arrivées. D'un cahier à l'autre, elle reportait tout son répertoire téléphonique. Encore une fois, rien qui, à première vue, puisse m'aider dans mes recherches. Des coordonnées surtout professionnelles : une clerc de notaire, une dentiste, un ostéopathe, un brocanteur, l'hôtel d'Armor à Guingamp, divers dépanneurs, un plombier, un serrurier chinois, un électricien... Parmi les rares personnes privées figurant dans son agenda, je ne trouvai pratiquement aucun nom qui me fût familier. Quelques-uns avaient été rayés.

Des pages et des pages de chiffres. Cela finissait par donner la nausée. C'était comme regarder un sablier qui s'écoule. Ma mère ne bénéficiait d'aucun crédit. Sur son compte, chaque mouvement venait en déduction. De sa santé, de sa vie, de son épargne. Et pourtant, elle ne cessait de livrer des batailles. Pareils aux traits qu'un prisonnier trace sur les murs de sa cellule, ses inventaires, ses calculs sans fin témoignaient d'une peur de déraper, d'une volonté de conserver la notion du temps et des choses. Avec ses registres, elle essayait d'agir, de retrouver la maîtrise d'elle-même.

Elle buvait trop. Elle fumait trop. Comme les héros de ses polars. Elle le savait. Elle ne pensait qu'à cela. Les maladies pulmonaires, en particulier, la terrifiaient. Tout ce qui touchait à l'appareil respiratoire. À cause de la tuberculose qui avait anéanti une partie de sa famille. Sa grand-mère Angéline, son oncle Henri, sa tante Madeleine, emportés les uns après les autres, dans la fleur de l'âge. Des gens dont elle ne connaissait que les tombes fleuries à la Toussaint, au pied d'un clocher de granit en forme de pain de sucre et le récit de leurs longs séjours en sanatorium, quelque part dans les Vosges ou en Savoie. Elle pensait à eux chaque fois qu'elle toussait ou crachait. Il n'était pas question pour elle d'arrêter la passion dévorante de sa vie, mais de la contrôler. « Mollir très sérieusement cigies », écrivait-elle. Ou encore : « Trop fumé, moral dans les chaussettes. »

J'entendais la pierre de son briquet crisser avec la ponctualité d'un métronome. Grâce aux cigarettes, je pouvais reconstituer, à la minute près, son quotidien. Ses nuits, ses insomnies, ses assoupissements de courte durée. Elle ne les terminait pas. Comme par oubli, il lui arrivait d'en allumer deux ou trois à la fois. Lorsqu'elle les portait à sa bouche, elle les aspirait avec lenteur, en évitant de les faire grésiller. C'était son moment préféré. La première bouffée, ces quelques secondes d'ivresse où tout devient léger et lumineux. Elle les laissait se consumer sur le rebord d'un cendrier en cuivre, n'être plus qu'une tige calcinée, un tas de cendre en équilibre, prêt à tomber. Elle n'écrasait jamais ses mégots, un tel geste lui aurait réclamé trop d'effort ou témoigné d'un manque de respect envers l'organisateur de ses jours, la mesure de chaque chose. À la fin, elle fumait des cigarillos, estimant probablement que l'absence de papier les rendait moins dangereux pour la santé et sans doute aussi parce qu'ils contiennent des concentrations plus élevées de nicotine.

Je m'abandonnais des heures durant à la lecture de ses papiers comme s'ils étaient transcrits en langage codé. En cherchant désespérément un motif dans son tapis de signes, je me rendais compte du caractère chimérique de mon entreprise, de la folie de me substituer à un auteur quel qu'il soit, et d'imaginer un récit qu'il n'écrirait jamais. La rengaine répétée des milliers de fois par l'écrivain psychopathe de Stanley Kubrick me revint en mémoire : « *All work and no play makes Jack a dull boy.* » À trop travailler, on perd joie et santé.

Parfois, entre deux colonnes de chiffres, elle se dévoilait. Quelques mots en passant sur les siens : « Emmené Papa déjeuner. Émouvant. » Les fringues : « Acheté un pull et une jupe au marché. » Le destin : « Me suis fait lire les lignes de la main par gentille Gitane. » Un film : « *Parle avec elle*, magnifique », « Vu et aimé *Aux sources du Nil* ». Une douleur : « Point précis au pied droit lance toutes les quinze secondes. » Et encore des romans, beaucoup de romans : « Relire *U.S.A.*, la trilogie de Dos Passos, pour voir d'où ça part et où ça bifurque », « Terminé Brautigan, *Cahier d'un retour de Troie* », « Frederick Jackson Turner : *The Significance of The Frontier in American History* ». De ses lectures, elle retenait des passages entiers, des phrases qui disent comment vivre : « Plus jeune, j'avais espéré franchir en mûrissant le fossé entre le moi que je connaissais et les mots que je m'entendais dire. » L'une d'elles, tirée du *Léviathan* de Paul Auster, devait l'avoir particulièrement marquée. Elle était citée à deux reprises : « Du moment qu'on s'en veut à soi-même, il est difficile de ne pas croire que tout le monde vous en veut aussi. »

Parfois, en passant, elle parlait de moi. Des mentions lapidaires, à la fois laconiques et lourdes comme la pierre : « Coup de fil de Chris », « *No news from Chris* », « Venu dîner – bonne soirée. Il comprend tout. »

Après son échec à Sciences Po, sa mère lui livre une guerre sans merci. Elle ne supporte pas qu'elle reste là à ne rien faire, monopolise la salle de bains, ou disparaisse on ne sait où. Elle lui reproche d'être avachie, de veiller jusqu'à pas d'heure, de lire on ne sait quoi, de salir son intérieur javellisé, de ne pas porter de chignon, pis de laisser ses cheveux flotter librement entre ses omoplates, de fumer en public, de manquer de pudeur. Elle la soupçonne de courir après les garçons. Elle lui tourne autour et la harcèle de questions après chacune de ses absences : « Où tu étais. Avec qui ? » Elle ne lui adresse la parole que pour la soumettre à un interrogatoire. Le reste du temps, elle l'épie, elle guette la lumière sous sa porte, regarde par le trou de sa serrure, écoute ses moindres bruits et opère sans prévenir des descentes dans sa chambre, des incursions de taupe, le museau en éveil, les yeux plissés derrière ses grandes lunettes rondes. Quand elle fouille ses affaires, elle ne cherche pas à s'en cacher. Au contraire, elle range tout, elle modifie la disposition des meubles et des objets, astique frénétiquement le sol, traque les trous de cigarette, les ronds de verre ou de tasse sur les tables, et verbalise le soir, au cours du dîner familial qui n'en finit pas, chacune des infractions relevées dans la journée.

Sa mère surveille chaque allée et venue. Un dispositif panoptique déployé en étoile autour d'une tour centrale lui aurait sans doute davantage convenu que son appartement au cinquième étage, avec ses chambres réparties le long du couloir. Elle pratique un strict quadrillage de l'espace domestique grâce à un système de serrures et de cadenas dont elle est la seule à avoir les clefs. Elle détient un trousseau dimensionné pour une maison d'arrêt qui lui permet de condamner portes, coffres, cagibis, placards et armoires normandes. Dès lors qu'un lieu ou une chose lui appartient, elle le ferme. C'est sa façon à elle de le posséder. Une fois devenue grand-mère, elle affectionnera les parcs à bébé, ces petites cages portatives armées de solides barreaux en bois, ainsi que les laisses pour enfant. Elle doit contrôler son environnement, s'assurer que chaque chose est à sa place. Quand elle ne seconde pas son époux au cabinet, elle consacre son temps au rangement, au tri, à l'archivage, au nettoyage, à tout ce qui classe, aseptise et isole. Dans ses placards, elle a accumulé une impressionnante collection de serviettes, de mouchoirs et de Tupperware. Si elle pouvait, elle enfermerait soigneusement chacun des êtres qui vivent sous son toit dans des bols hermétiques.

Elle-même sort d'un univers quasi carcéral, d'une institution disciplinaire qui apprend l'obéissance, le respect des hiérarchies, la politesse, la maîtrise de soi, la sobriété, et bannit les toilettes voyantes, la nervosité, la sensiblerie, tout ce qui peut paraître excessif ou relève du registre de l'émotion. Un univers fait de blouses et de tableaux noirs, rythmé par les cloches, où chacun est noté, classé, récompensé ou puni. Elle doit tout à l'école républicaine : ses réflexes, son savoir, sa promotion sociale, sa vision des choses, son mari rencontré en stage à Villedieu-les-Poêles. Des années après avoir quitté ses élèves, elle demeure une institutrice. De sa jeunesse passée loin de chez elle en pension, entre jeunes filles bien sages, dans des couvents laïcs et froids, elle conserve une foi inébranlable dans le progrès, un esprit missionnaire, un goût de l'apprentissage ou plutôt du dressage, de l'écriture soignée, de la tenue impeccable. Elle conçoit la maternité comme la poursuite de l'enseignement par d'autres moyens. Avec elle, chaque moment de la vie se transforme en leçon de choses.

Son obsession du rangement et de la propreté traduit aussi sa hantise de la contagion, des germes, des bacilles qui ont décimé une partie des siens. Elle pense d'abord à eux lorsqu'elle combat le désordre. Elle frotte les moindres taches comme pour effacer les ombres décelées sur leur poitrine. Dans ses armoires, elle accumule des mouchoirs en dentelle afin d'essuyer leurs bouches crachotantes. En fermant les portes, elle empêche le mal de revenir. La crasse, les sécrétions, les courants d'air, tout cela annonce la mort. Il ne faut plus qu'aucune souillure ne pénètre dans sa maison. Elle rêve d'un monde immaculé où chaque chose, chaque être occupe la place qui lui est impartie. Les pandémies résultent des contacts, des rencontres, des mélanges, de la promiscuité. À la vie bouillonnante doivent répondre la règle, la discipline. Et surtout le travail. Elle ne tolère aucun laisser-aller. Le repos, le relâchement des corps, l'oisiveté lui rappellent trop sa sœur aînée, son mentor, une élève brillante, devenue institutrice elle aussi, qui lui servait de modèle, avant d'enchaîner les séjours dans les sanatoriums, de passer ses journées sur une chaise longue, et d'être emportée par la tuberculose à l'âge de vingt-six ans. Pas question de laisser ses propres enfants traîner au lit, cette antichambre de la mort.

Comme de juste, sa fille, avant de s'en prendre au système colonial, déverse sa colère à huis clos. L'appartement de l'avenue Bugeaud, choisi pour son calme et son standing, résonne de ses cris. Elle ne veut plus être la petite fille bien sage et studieuse, la première de la classe. Finis les satisfecit, les *ré* ! *fa* ! *sol dièse* ! au piano, le tennis en jupette blanche sur terre battue, les mains serrées sous la table, les yeux baissés, les lèvres cousues. Fini l'espionnage. Elle couvre sa mère d'injures. Elle lui interdit son petit territoire recouvert d'un papier à fleurs qu'elle déteste. Les deux en viennent aux mains. Elles s'envoient des paires de gifles devant le père, témoin passif, qui, comme à son accoutumée, exprime sa désapprobation par quelques hum gutturaux.

En gardant ses distances, il croit prendre de la hauteur, à l'instar de son héros à képi. Sa fille ne lui en tient pas rigueur. Il conserve auprès d'elle un prestige intact. Elle l'appelle « l'homme tranquille » en référence au film de John Ford, comme si son immobilité masquait une effervescence intérieure, pareille au boxeur qui retient son geste de peur de tuer son adversaire. Un homme trop tranquille, consciencieux, digne, travailleur, généreux, mais timoré, écrasé par le devoir et les convenances.

Elle reste convaincue qu'il aurait pu avoir un tout autre destin, sans son épouse qui lui tient la bride et sa surdité tardive qui l'isole des autres. Jeune, il ne vivait que pour le foot et les copains. Il disait qu'à quelques années près il aurait pu devenir joueur professionnel. Sa fille l'imagine sans sa blouse blanche, trônant au milieu d'une belle équipe, sur un bord de Marne, elle rêve d'avoir avec lui des rapports plus personnels. C'est à lui qu'elle doit sa première clope. À quinze ans, dans le relâchement d'une fin de repas. Le paquet tendu, le claquement sourd du Zippo, l'odeur d'essence, l'œil fermé par un fil de fumée et le regard désapprobateur de la mère. Elle recherchera toujours ce moment d'échange, ce bref instant de complicité. En fumant des Gauloises bleues, elle marque sa fidélité à son père.

*« Il avait pu voir aux jumelles la fille
téléphoner avec ce sourire,
cette agitation niaise qu'elles
avaient toutes pour parler aux absents. »*

Comme je tourne en rond, je décide d'appliquer la méthode de Raymond Chandler en pareil cas : « Si vous séchez en écrivant une histoire, faites entrer un type avec un flingue. » L'homme que je m'apprête à introduire dans ce récit possède sinon un pistolet, du moins le droit d'en détenir un : c'est un détective privé. Un métier quelque peu passé de mode, avec l'avènement d'une société de surveillance qui laisse peu de place aux initiatives individuelles, et, surtout, depuis le déclin des constats d'adultère et des divorces pour faute. On s'étonne même qu'un tel personnage existe encore en ce début du XXIe siècle, mais, dans tout polar qui se respecte, il en faut un.

À ce stade de l'enquête, son aide est la bienvenue. Lui seul peut tirer des conclusions, énoncer quelque chose qui ressemble à une vérité à partir d'indices aussi maigres. Rien à voir avec un policier. Il ne dispose pas de la violence d'État. S'il lui arrive de cogner, voire de buter quelqu'un qui l'importune, il compte essentiellement sur la raison pour parvenir à ses fins. Sur sa matière grise, son art de la déduction. C'est un cerveau, un électron libre, un élément incontrôlé. Contrairement à un agent de la force publique, dont l'action est limitée par des codes et une hiérarchie, il agit à sa guise. Il n'hésite pas à prendre des libertés avec le droit. Il n'est enfermé dans aucun cadre légal et administratif. Il ne se borne pas non plus à combattre le crime. Il intervient à titre privé, pour le compte d'un particulier, dans des affaires qui, bien souvent, n'auront aucune traduction judiciaire, et parfois même, afin d'éviter qu'elles ne s'ébruitent. Il se contente d'établir les faits ou du moins de substituer au cours apparent des choses une nouvelle narration. Son rôle, souvent comparé à celui du sémiologue, consiste à « requalifier la réalité », à conférer du sens à des incidents à première vue insignifiants ou dérisoires. On peut dire que c'est l'homme de la situation.

Il s'appelle Claude Beauregard. Son nom – plutôt bien trouvé pour un *private eye* – figurait en caractères gras en haut d'un document glissé dans une enveloppe plastifiée et découpé en quatre morceaux. Donc facile à reconstituer avec du ruban adhésif. L'homme se présentait comme un « agent privé de recherche déclaré à la préfecture de police de Paris ». À la ligne suivante, l'identité de la personne qui sollicitait ses services était portée à la main : « Françoise L., sans profession, demeurant au 25, rue Philibert-Lucot à Paris. »

Il s'agissait d'un contrat type conclu pour une durée d'un an. Claude Beauregard, désigné dans la suite du texte par la formule « l'Agent privé », se disait prêt à utiliser tous les moyens – dans les limites bien sûr de la légalité – afin de mener à bien sa tâche. Il s'engageait à observer une discrétion absolue tant sur les termes de son mandat que sur les résultats obtenus, et à rendre un rapport à l'issue de son enquête. En échange, Françoise L. « ci-après le Client » promettait de ne pas entraver son travail, de ne pas lui demander d'enfreindre la loi, de lui fournir toutes les informations dont il aurait besoin et de ne pas confier à un tiers une mission similaire sans l'avertir. La partie la plus détaillée concernait le paiement de ses honoraires fixé forfaitairement à 2 187 euros, hors taxes. La filature relevait d'une tarification spéciale, calculée sur la base de 60 euros de l'heure et de 50 centimes le kilomètre. Le décompte des heures et des kilomètres commençait dès que « l'Agent privé » quitterait son cabinet parisien, « sis 23, rue du Départ », au pied de la tour Montparnasse.

Le sort réservé par ma mère à ces quatre feuilles de papier frappé du logo « BC-Détective » m'intriguait. Pourquoi les avoir déchirées, puis conservées précieusement dans un étui transparent, bien rangé à l'intérieur d'un tiroir de son bureau ? Elle se trouvait manifestement tiraillée par des sentiments contraires. Était-elle gênée par le procédé ou déçue du résultat ? Claude Beauregard avait-il simplement rempli sa tâche ? Il n'y avait aucune trace du compte rendu qu'il devait remettre au « Client » à l'issue de sa mission. Celle-ci était précisée en bas de la première page du contrat. Quelques mots rédigés en lettres manuscrites : « Recherche d'adresse de M. Talus Taylor et établir le lien avec M. Kermarrec. »

Je ne connaissais aucun Kermarrec. Le premier nom en revanche m'était familier. Il me renvoyait longtemps en arrière, à mon enfance auprès de ma mère lorsqu'elle vivait encore dans son cul-de-sac du 14e arrondissement. Talus Taylor était son voisin.

Ils partageaient la même entrée, au fond de l'impasse. Un portail rouillé qui ouvrait sur une allée étroite mangée par le lierre et flanquée de deux lilas décharnés. Ma mère possédait la première maison à droite. Il habitait la suivante, une bâtisse tout en longueur, recouverte d'un entrelacs de glycines, qui appartenait à Annette Tison, son épouse. Un troisième pavillon en brique rouge abritait un couple de retraités et une très vieille dame. Cette dernière résidait à l'étage accessible par un escalier extérieur en bois. Au milieu de ces petites habitations aux toits de tuiles poussaient trois arbres fruitiers dans une cour ombreuse et humide, partiellement pavée.

Le cerisier avait été planté par mon père. Il donnait des bigarreaux à la chair blanche, légèrement acide, dont la cueillette coïncidait plus ou moins avec la date de mon anniversaire.

Talus, c'était un peu le roi du quartier. Il allait bientôt s'agrandir, racheter la maison d'en face, à la mort de ses occupants, ainsi qu'un immeuble adjacent, aux volets bleus, et relier ses différentes propriétés par des passages dérobés afin de pouvoir surgir n'importe où, à l'improviste, tel Fantômas. Il était constamment en train de bâtir des choses, de déplacer des murs, de porter des meubles, de faire du vent, comme s'il se sentait à l'étroit dans sa ruelle bordée de jardinets. C'était un Américain de Paris avec un corps robuste et un air hâbleur à la Hemingway. Il venait, je crois, de Californie. Il devait sortir d'une forêt de séquoias ou d'un canyon aux dimensions abyssales. Les grands espaces lui manquaient.

Je me souviens d'un homme immense, massif, aux yeux délavés, un peu absents, au visage sanguin, capable de soulever une enclume. Il portait une veste multipoches, couleur saharienne, une casquette blanche en bec de canard, et une barbe poivre et sel. L'été, il découpait d'un coup de cutter l'avant de ses Rangers, pour permettre à ses pieds de respirer. Tout en lui était démesuré. Ses mains, sa taille, sa voix, son accent, ses vêtements XXL, ses goûts. Son parc automobile encombrait toute l'impasse. Il circulait le plus souvent en Toyota Land Cruiser, un vieux modèle, le genre à revenir plein de boue d'un rallye exotique. Il transportait un incroyable bric-à-brac à l'arrière de son tout-terrain et faisait trembler le pâté de maisons à chaque fois qu'il démarrait. Il avait aussi une Oldsmobile Cutlass, sièges en cuir rutilants, enjoliveurs aux baguettes chromées, qui prenait la place d'un camion.

Dans la rue, il se baladait toujours précédé d'un dogue allemand arlequin. Une bête colossale baptisée Lolita qu'il refusait de tenir en laisse. Il aimait intimider les gens et s'amusait de l'effroi que son monstre au prénom de nymphette produisait sur les passants. « Kwa ? Tou a pweur de Lo-li-ta ? » demandait-il en plissant la bouche. Il emmenait sa bête au Zeyer, la brasserie du coin, et lui commandait des boules de glace qu'elle engloutissait d'un coup de langue. Il la laissait entrer seule chez le boucher qui pour s'en débarrasser lui jetait des abats au milieu de la sciure. Talus Taylor achetait parfois des animaux, des tortues, des rongeurs, des oiseaux, quai de la Mégisserie, afin de les relâcher dans la nature, au parc Montsouris ou ailleurs. Dans son salon, il possédait un python royal de deux mètres de long, enfermé, ce coup-ci, dans une cage de verre. À la mort du reptile, il l'avait enterré au pied du cerisier avec les honneurs.

Sa notoriété tenait surtout à ses talents d'illustrateur. Talus Taylor était le père de Barbapapa, personnage culte de la littérature enfantine des années 1970, devenu un héros de dessin animé omniprésent à la télévision, diffusé chaque mercredi après-midi, entre *Scoubidou* et *Les Fous du volant*. Depuis, ses albums aux couleurs vives, traduits dans quarante langues, se déclinaient en poupées, gadgets, tirelires, porte-clefs, pochettes, puzzles, bracelets-montres, bols, tasses, plateaux, tabliers de cuisine, voilages, pendentifs, affiches, dessus-de-lit, en à peu près tous les objets, même les plus absurdes, susceptibles d'être vendus à un gamin de trois à six ans ou à ses parents. Des métamorphoses infinies qui cadraient bien avec cette créature rose bonbon capable justement de revêtir toutes les formes. Barbapapa, qui dans son apparence première faisait penser à un pouf géant, percé de deux yeux étonnés, pouvait, au gré des circonstances, se transformer en n'importe quoi : en échelle afin de sauver les occupants d'un bâtiment en flammes, en bateau de sauvetage lors d'une inondation, en pont ferroviaire, en parachute géant après un crash aérien, en sapin de Noël, en Shiva dansant, en raie manta face à un banc de requins. Le mutant absolu. Une imprimante en 3D à pattes.

Avant de devenir une marque mondiale, protégée par moult copyrights, cet ectoplasme couleur layette était un enfant ou plutôt un produit dérivé de la contre-culture américaine. À la fois hippie, *peace and love*, écolo et antiraciste. Il luttait contre les bétonneurs, les coupeurs d'arbres, les pollueurs de la planète, les massacreurs d'animaux, les promoteurs immobiliers, les banquiers de Wall Street. Il réalisait le rêve de Mai 1968. Prenez vos désirs pour des réalités.

Vous voulez être un grand champignon rose ? Soyez-le ! Barbapapa allait tous nous libérer. Il collait aux modes de l'époque, il retapait de vieilles fermes en Ardèche, pratiquait le yoga, parcourait le monde à la recherche de l'amour. Il nous faisait découvrir l'Angleterre des Rolling Stones et l'Inde des ashrams. Il transcendait l'opposition entre sujet et objet, entre corps et esprit. Aucune violence, pas un coup de feu ou un cri de colère. Il n'était que douceur et paix, pareil à un gros paquet de coton hydrophile. Il exerçait le même effet calmant sur un bébé qui refuse de faire sa sieste et un patient atteint d'Alzheimer. Des générations d'enfants s'étaient laissé bercer par ce patatoïde. Tous connaissaient sa chanson : « Voici venir les Bar-ba-pa-pa, toujours contents... Se transformant à vo-lon-té, ronds ou carrés. »

Selon la légende, le géant rose naquit sur un coin de table, au cours d'un déjeuner, dans un restaurant ou une brasserie. Talus Taylor et Annette Tison revenaient du parc Montsouris. Au cours de leur promenade, ils avaient entendu un gosse réclamer des « Maa Maa Maa » à ses parents en montrant une grosse boule filandreuse, semblable à de la laine de verre, plantée au bout d'un bâtonnet. « K'es-ce ke ça vow diire Maa Maa Maa ? », demanda l'Américain. Son épouse française lui expliqua que cette ouate rose était une sucrerie appelée barbe à papa. Talus partit d'un grand éclat rire et dessina une poire sur la nappe, il lui rajouta des yeux, des sourcils, une bouche et deux petits bras. Depuis, cet être allotropique avait rencontré son double féminin et fondé toute une famille, plein d'autres ballons de toutes les couleurs.

Talus Taylor trônait tous les jours au café Le Fontenoy, avec son cerbère aux proportions mythologiques. Impossible de l'ignorer. Il était entouré d'une petite cour, souvent des étudiantes venues spécialement du Japon pour le voir. Son personnage jouissait d'une immense popularité en Asie. Il voulait être vu. Il séduisait tous azimuts. Il savait être généreux. Il rendait volontiers des services, il n'hésitait pas à filer du fric à quelqu'un dans le besoin ou à lui donner un coup de main. Il pouvait aussi se montrer menaçant, agressif, virulent. Tout le contraire de sa créature. Il était en procès avec plein de gens. Dans l'impasse, certains l'adoraient, d'autres le détestaient.

Ma mère, pour je ne sais quelles raisons, lui vouait une haine féroce. Elle lui faisait constamment la guerre. Leurs conflits, comme souvent entre copropriétaires, portaient sur des broutilles, des problèmes de murs mitoyens, de parties communes, de dégâts des eaux, de puisard, d'interphone, d'aménagements réalisés sans permis, n'importe quel prétexte susceptible de donner lieu à des poursuites, des assignations et des lettres recommandées. Elle ne lui parlait que par avocats ou compagnies d'assurances interposés.

Il n'en avait pas toujours été ainsi. Les premières années, ils entretenaient des rapports plutôt cordiaux. Ils s'invitaient occasionnellement à prendre un verre. A-t-elle été à un moment attirée par cet Américain bohème ? Leur mésentente avait-elle des causes plus personnelles ? Vers la fin, l'hostilité de ma mère à son égard confinait à l'obsession. Elle l'accusait de toutes sortes de manigances. Elle lui prêtait des pouvoirs quasi occultes. Elle ne supportait plus de l'avoir en vis-à-vis ou de le croiser dans la rue avec sa meute. Je pense qu'elle a fini par déménager à cause de lui.

Quand elle fait appel à son agent privé, Talus Taylor n'occupe plus sa petite maison à l'ombre du cerisier. Pourquoi confier à un détective le soin de trouver sa nouvelle adresse ? Si elle souhaitait reprendre contact avec son ancien voisin, n'aurait-il pas été plus simple de le joindre via sa boîte de production ou son éditeur ? Que cherchait-elle des années après ? Il me revint à l'esprit les couvertures de laine qui obstruaient ses fenêtres avant son départ de l'impasse. Existait-il un lien entre le guetteur et le géant rose ? Rien de mieux qu'un être polymorphe pour incarner un tourmenteur sans visage.

Talus Taylor ne m'apprendrait plus rien. Je découvris dans la presse qu'il venait de décéder d'une crise cardiaque. Sa mort n'avait été rendue publique que dix jours après. Plusieurs journaux saluaient « les belles valeurs de tolérance, d'amour et de respect, transmises par son personnage depuis quarante-cinq ans à plusieurs millions d'enfants ». *Le Figaro* dressait un portrait élogieux du dessinateur, mais ajoutait de manière assez sibylline : « L'homme était discret. Peut-être trop. »

Restait le mystérieux « M. Kermarrec ». Peut-être pouvait-il me renseigner. Il devait connaître Talus Taylor ou au moins l'avoir rencontré, puisque le détective était chargé d'établir la nature des liens qui les unissaient. À Paris, un seul abonné à ce nom figurait dans les pages blanches. Kermarrec, Jean-Marie. Son adresse : 25, rue Philibert-Lucot. Encore un voisin.

Il laissa sonner son téléphone longtemps avant de décrocher. « Pourrais-je parler à M. Kermarrec ? – C'est pour quoi ? » demanda-t-il comme s'il craignait d'avoir affaire à un lointain centre d'appel. Je me lançai dans des explications embrouillées. Je pris soin de ne pas mentionner le nom de Talus Taylor. Je craignais de l'effrayer avec mon histoire de détective et de filature. J'entendais son impatience à l'autre bout du fil. Je lui fournis alors une brève description de ma mère : « Ça ne me dit rien ! » J'insistai : « La femme seule avec un chien. » Non, il ne voyait pas. « Celle du premier étage, l'appartement de gauche. Elle a été retrouvée morte un matin de mars. » Je le sentais sur la défensive. « Ah oui, concéda-t-il après un bref silence, mais je n'ai pas grand-chose à dire. » Je ne voulais pas le brusquer. Je proposai de le rappeler un peu plus tard afin de lui laisser le temps de réfléchir.

Six jours après, seconde tentative. Il répéta qu'il ne savait rien. Je le suppliai de m'accorder un court instant. Je promettais de faire vite. Un quart d'heure, pas plus. Le jour de son choix. « Demain, après-demain, la semaine prochaine », n'importe quand. « Je ne suis pas libre ! » Mon obstination commençait à sérieusement l'énerver. Il disait être très occupé et finit par déclarer : « J'ai votre numéro. Si je ne vous téléphone pas, c'est que je ne le souhaite pas. » Je compris au son de sa voix qu'il n'avait nullement l'intention de me recontacter.

Le père s'absente de plus en plus souvent. Accaparé par son nouveau cabinet de radiologie à Poissy, il n'est plus là pour ramener un semblant de paix dans le ménage. Afin de mettre un terme aux crises continuelles, il ne lui reste plus qu'une solution : séparer les belligérants. L'épouse s'y résigne. À moins qu'elle ne s'en accommode. Jalousie, rivalité, séquelles de ses années de pensionnat ? Elle a toujours eu du mal à accepter la compagnie des autres femmes. La fille n'attend que ça, de fuir, d'échapper à la surveillance de sa mère, de vivre enfin seule. Plus qu'au grand large, elle aspire à une île déserte, un sanctuaire, un lieu clos avec une porte qui ferme.

Pas question d'aller en foyer. Ses parents lui louent un petit deux pièces doté d'une salle d'eau et d'une kitchenette, au 59, rue de l'Abbé-Groult, à proximité de Vaugirard, dans le 15e arrondissement, encore un coin tranquille, discret, un peu triste et bien comme il faut. L'immeuble en pierre de taille, dépourvu de signe distinctif, fait face à une clinique privée. Pas de commerce. Plus loin, un tabac et un square encombré de poussettes. Son studio comme elle l'appelle, premier étage, deuxième porte à droite, donne sur un carré de ciel et une courette intérieure enduite de bitume. Elle n'a apporté que le strict nécessaire, ses vêtements, une bouilloire électrique, son pick-up, sa collection de 45 tours, du jazz pour l'essentiel, un transistor et une poignée de livres. Une fois installée, elle ressent un immense bonheur. La voilà enfin chez elle.

Un peu de sous, beaucoup de temps libre, quatre murs qui l'isolent du monde. Pense-t-elle à Virginia Woolf et à sa fameuse formule : « Il est indispensable qu'une femme possède quelque argent et une chambre à soi si elle veut écrire une œuvre de fiction » ? Sans doute pas. Pour le moment, elle a d'autres objectifs en tête. Pouvoir aller et venir librement, sans avoir à se justifier. Et aussi recevoir qui elle veut, à tout moment. Au sein du réseau, disposer d'un logement à l'ouest de Paris, dans un quartier calme et bourgeois, à l'écart des lieux fréquentés habituellement par les agitateurs de tout poil et donc loin des yeux de la police, constitue un atout précieux.

Je doute qu'elle ait rencontré des Frères avant d'embrasser leur cause. Elle est comme tous les Parisiens. Les Algériens, elle les aperçoit dans le métro, derrière la porte vitrée d'un bar, sur des chantiers, coiffés d'un casque, soudés à un marteau-piqueur, au volant d'un Fenwick, ou à la sortie des usines Simca. À l'occasion, elle leur ouvre la porte du cabinet de radiologie. Peut-être entend-elle son père leur crier les seuls mots d'arabe qu'il connaisse, « Lâ tanafas ! », « Ne respire pas », derrière sa cloison plombée. Elle les croise et ne les remarque pas. Ils forment un peuple muet et invisible, relégué à la lisière ou dans les interstices de la ville. Peu de femmes et d'enfants. Des hommes aux cheveux noirs, pareils à des ombres. Ces derniers temps, ils évitent de circuler en groupe, ils marchent seuls, pressent le pas, la tête rentrée légèrement dans les épaules comme tous ceux qui ont peur. Mieux vaut ne pas traîner. Ce sont des gens appelés à disparaître, bientôt soumis à un couvre-feu, de 20 h 30 à 5 h 30 du matin, comme leurs familles restées au pays. Elle ne fréquente pas leur quartier, encore moins leurs taudis. Quand elle revient en train de Poissy, c'est à peine si elle prête attention à leurs baraques en bois, enfoncées dans la boue, leurs toits de tôle calés avec des parpaings, disséminés le long de la voie ferrée, les planches qui se soulèvent avec le vent, la douleur, l'entassement. Jusqu'au jour où elle ne voit plus qu'eux.

Comment bascule-t-elle ? Est-ce par les livres ? Le fruit de ses larcins ? Ceux-là mêmes qu'elle dérobe, rue Saint-Séverin, avant qu'ils ne soient frappés de censure ? Découvre-t-elle, à la lecture de *La Gangrène* de Bachir Boumaza ou de *La Question* d'Henri Alleg, cette guerre qualifiée d'événements, les villages rasés dans les Aurès, la torture pratiquée à quelques stations de chez elle, la signification de la corvée de bois, le fonctionnement de ce boîtier portatif d'où sortent deux fils isolés terminés par des pinces crocodiles ? A-t-elle un déclic à la vue d'une affiche placardée sur un mur de la Cité U, un visage auquel elle peut s'identifier, celui d'une suppliciée aux cheveux roux et à la pâleur fantomatique ? Une institutrice prénommée Colette, emprisonnée dans une cave de l'autre côté de la Méditerranée, la tête renversée, un jerrycan d'eau enfourné dans la bouche, une jeune femme qui pourrait être son double.

Elle ne supporte pas l'idée que des militaires ou des policiers français puissent, quinze ans après la fin de l'Occupation, pratiquer les mêmes méthodes que l'ennemi d'hier. Les rafles, les stades transformés en centre de transit, toutes ces mains sur la tête, ces silhouettes faces contre le mur, tournant le dos à des cirés noirs et des armes à l'horizontale. Elle éprouve un sentiment de dégoût, de honte, de colère devant l'indifférence des passants. Elle est aussi en proie à la peur. Comme tous ses compagnons, elle craint le retour des temps meurtriers. Elle en voit partout les prémices : des généraux factieux, une police noyautée par l'extrême droite, une organisation secrète qui pose des bombes et assassine. Elle se sent comme avant la nuit, à la veille d'une fin du monde.

C'est une enfant de la guerre. Elle se souvient de la tranchée creusée par son père dans leur jardin à Verneuil-sur-Seine, étayée de planches, semblable à une galerie de mines, où ils se réfugiaient lors des bombardements, des sirènes, des explosions en provenance des ateliers de chemin de fer ou de la gare de triage, des zébrures lumineuses dans le ciel d'encre, et puis des maisons pavoisées, des jeunes filles vêtues comme si elles allaient au bal, du premier chewing-gum offert par un soldat américain, du goût râpeux et acidulé laissé dans la bouche par ce rectangle blanchâtre. Le second conflit mondial s'élève au-dessus de sa tête tel un sommet indépassable. Elle envie ses aînés. Elle se dit qu'à une dizaine d'années près, elle aurait pu participer à l'ascension de cette montagne immense et écrasante. Difficile de grandir quand l'unique acmé qui vous est offerte se trouve derrière vous.

Elle se prépare à mourir les armes à la main, à réceptionner un parachutage, à poser des mines adhésives, à couper des lignes téléphoniques, à taper des messages codés sur un émetteur de campagne et à avoir toujours sur elle une capsule de cyanure, en cas d'arrestation. Elle ne cesse de ressasser ce passé tout proche et déjà si lointain, parcheminé comme une vieille légende. Un fracas d'hier élevé au rang de mythe national. Une histoire héroïque à réécrire soi-même, un livre d'or ouvert à tous. Grâce à de Gaulle, chacun y a sa place. Son anecdote à raconter lors des fêtes de famille. Sa part de souffrances, son moment de bravoure. Des actes de résistance parfois minuscules, trop petits pour figurer dans un manuel ou mériter une médaille, qui, bout à bout, composent cette France combattante, exaltée à chaque anniversaire.

Le père raconte à demi-mot les soins prodigués à un aviateur anglais en fuite, suggère d'autres faits de gloire qu'il tait par modestie et en se raclant la gorge, comme chaque fois qu'il est troublé. La mère évoque la rosette qu'il n'a pas eue pourtant remise à des confrères moins méritants. Le pays est alors plein de soldats inconnus privés de la flamme de l'Arc de triomphe. D'autres toussotements chargés d'émotion résonnent dans le living style Empire quand le meuble-télévision diffuse déjà pour la énième fois *Le Père tranquille*, avec Noël-Noël, assureur le jour, chef de maquis la nuit. Un brave Français en noir et blanc qui belote paisiblement devant un demi avant de faire dérailler un train chargé d'armes. Leur fille aussi aspire à une double vie. À moins qu'elle ne commence à nourrir des doutes sur la réalité de ce grand récit et ne cherche qu'à racheter ce qu'elle devine être les manquements, voire les compromissions de la génération précédente.

> *« Il en a marre de ce bled pourri, du béton lépreux, des tours encerclées de terrains vagues et de zones pavillonnaires où des chiens hurlent et sautent derrière des grillages. »*

« Attention, ce train se dirige vers Mairie d'Ivry. » Sans l'avertissement du conducteur, j'aurais oublié de descendre de la rame. Au moment où je débouchais de la station de métro Maison-Blanche, j'entendis se détacher de la rumeur générale la sirène lancinante d'un camion en marche arrière. Le signal sonore, pareil aux pulsations saccadées d'un électrocardiogramme avant un infarctus, retentissait au même rythme que les feux de détresse du poids lourd et faisait écho à un autre bip qui battait depuis déjà un certain temps dans ma tête. J'allais moi aussi à reculons.

C'était la première fois que je retournais dans son quartier depuis le déménagement. Je me retrouvais sur le mauvais trottoir de l'avenue d'Italie, côté rue du Tage. J'avais dû me tromper de sortie. Des travaux, de part et d'autre de la chaussée, rendaient la circulation encore plus bordélique que d'habitude. Je me jetai dans ce grand accélérateur de particules fines, zigzaguai entre les pots d'échappement et gagnai la rive opposée. Avant de m'engouffrer dans la rue Caillaux, je passai devant la banque du CIC et reconnus le distributeur où ma mère retirait autrefois son argent. Le pense-bête trouvé dans son sac sur lequel elle avait noté son code à quatre chiffres, ainsi que les instructions à suivre, me revint en mémoire : « Taper code 9706 et appuyer sur la touche verte, choisir le montant que je veux sortir et valider. Sonnerie : je récupère ma carte et je prends les billets. » Quand, plus tard, je le relisais, je me demandais si elle l'avait rédigé seule, lors d'un moment de lucidité, ou sous la dictée de ma sœur.

Toute cette partie du 13e arrondissement restait étroitement liée non pas à elle, mais à sa maladie, à son déclin. À ses médicaments et ses compléments alimentaires – saveur chocolat ou vanille – achetés à la pharmacie de l'avenue de Choisy. Au salon de coiffure où Ariane l'avait emmenée après sa première hospitalisation afin de tenter de la retrouver et de lui redonner le goût d'elle-même. À l'ambulance qui, du fait des embouteillages, de la construction d'un tramway sur les Maréchaux et des innombrables sens interdits, effectuait mille détours avant de la ramener chez elle. Ce tissu urbain discontinu, alternance de grands ensembles aux structures rondes ou quadrangulaires, et de rues calmes de facture provinciale, portait-il une part de responsabilité dans cette histoire ? Un lieu, un espace peut-il être coupable à l'égal de ses occupants ?

Vers la fin, elle ne sortait presque plus, sauf pour se ravitailler en cigarillos au tabac du coin. Le marchand, un vieux monsieur chinois, était toujours là. Il vendait des journaux couverts d'idéogrammes, des sodas en boîte et des billets de PMU. Je pris un café au distributeur et m'assis à l'une des petites tables rondes disposées sous un écran plat qui permettait de suivre les courses hippiques et les résultats du loto, tout en grattant le vernis métallisé d'une carte à jouer. La télévision retransmettait en direct le tirage de l'Amigo du jour. Aucun hourra n'accompagna l'énumération des douze numéros gagnants. Je regardai derrière moi et m'aperçus que la salle était vide.

En marchant, je retrouvai les odeurs d'huile de friture et de glutamate monosodique rejetées par les trous d'aération des restaurants vietnamiens, les lampions rouges à franges, au fronton du vendeur de raviolis, la boulangerie Pain et Passion avec sa « baguette de tradition française », l'agence Asie Fabuleuse Voyages, les soiffards attablés en terrasse à l'angle de la rue Gandon. En cinq ans, rien n'avait changé. À l'exception du G20 qui s'était agrandi et modernisé. Soucieux, sans doute, d'accompagner le lent et inexorable embourgeoisement du quartier, le magasin visait une clientèle plus huppée. Sous le slogan « Dépenser moins sans aller loin », il proposait désormais en devanture, à l'instar de ses concurrents, un service de livraison à domicile gratuit, ainsi qu'une carte de fidélité. À l'intérieur, son gérant avait tenté une prudente montée en gamme. Près de l'entrée, un écriteau suspendu au-dessus d'une rangée de bouteilles orphelines annonçait une « Foire aux vins ». Un zouk entraînant, déversé par de discrets haut-parleurs, maintenait la clientèle et le personnel dans une perpétuelle bonne humeur.

Après avoir longtemps pratiqué le Monoprix de l'avenue d'Italie, immense espace commercial, aux milliers de références alimentaires, qui occupe tout le rez-de-chaussée de la tour Périscope, ma mère s'était rabattue, dans les dernières années de sa vie, sur cette supérette bâtie en saillie au milieu de la rue Caillaux. Éclairage blafard, peu de choix, beaucoup de sous-marques, un packaging pauvre, et des prix aussi élevés qu'ailleurs. Principal avantage : sa proximité, comme le vantait fort à propos la devise de l'établissement.

Elle effectuait dorénavant ses courses au plus près et, de préférence, aux heures creuses. L'après-midi, avant la sortie des classes. Elle évitait ainsi de faire la queue ou de croiser une connaissance. Elle ne devait guère avoir l'occasion de communiquer avec les caissières en blouse rose. À chaque réclamation ou code-barres déficient, ces dernières, pour la plupart asiatiques, se contentaient d'appuyer sur un bouton. Une voix provenant d'un lacis de tuyaux fixés au plafond débitait alors un message préenregistré en détachant bien chaque syllabe : « Un res-pon-sable est de-man-dé en caisse. » Durant ce qui devait être sa seule sortie de la journée, ma mère ne rencontrait pas grand monde. Son rendez-vous quotidien avec le reste de l'humanité, sa contribution à la bonne marche de l'économie, le moment où elle répondait à ses besoins et cédait à ses désirs, en résumé son « expérience client », se réduisaient à un « merci de votre visite, à bientôt », imprimé en bas d'un ticket de caisse.

Au rayon Spécial menu déjeuner, je glissai dans mon panier le sandwich suédois, saumon œuf ciboulette, et le Méga Club bacon cornichons, deux produits de la marque Belle France qui composaient son ordinaire. Un peu plus loin, je fus tenté de prendre une boîte de chili con carne pur bœuf et une bouteille de haut-médoc identiques à celles qui traînaient dans son placard. Je voulais revivre ce qu'elle avait vécu, manger et boire les mêmes choses, suivre les mêmes rues.

Je poussai jusqu'au centre commercial Masséna où j'avais passé les dernières heures avec elle. Faute de pouvoir satisfaire les nouvelles exigences des consommateurs, cet espace oppressant, aménagé sous la tour Villa d'Este, périclitait, comme en témoignaient les nombreux locaux fermés ou à louer. Afin de ne pas créer un sentiment de vide et de désolation, dommageable à tout projet d'achat, leurs vitrines étaient systématiquement recouvertes d'une affiche qui promettait le même avenir radieux : « Ici, bientôt une boutique ». Une perspective qui n'était assortie d'aucune échéance. Tandis que je traînais autour du laboratoire d'analyses, une femme en blouse blanche m'interpella : « Vous cherchez quelque chose, monsieur ? » Ne sachant pas quoi lui répondre, je bredouillai un « rien de particulier » et accélérai le pas.

Son immeuble en brique, couleur crème, avait acquis la pesanteur d'un mémorial. Immobile et silencieux, il semblait figé pour toujours jusqu'au moment où je crus voir bouger le rideau de l'une des fenêtres de son ancien appartement. Par automatisme, je pianotai le même arpège sur le digicode. Déclic. Malgré les années, son cryptogramme n'avait pas été changé. En poussant la porte, je me sentais comme un intrus. Une fois dans l'entrée, je fus saisi par les effluves de cigarette que j'associais autrefois à ma mère, comme si elle était encore là-haut à m'attendre. Je n'allai pas plus loin. Une seconde serrure électronique qui n'existait pas de son temps protégeait l'accès à la cage d'escalier. Avant de ressortir, j'examinai les boîtes aux lettres et la liste des occupants. Parmi la vingtaine de noms, je relevai deux Kermarrec, un au rez-de-chaussée et un autre au sixième étage.

Je ne me voyais pas procéder à une enquête de proximité, méthode laborieuse, ingrate, qui nécessite de revenir plusieurs fois sur les lieux, et rappelle fâcheusement le démarchage à domicile. Je préférais écrire à chacun des résidents. Un simple courrier qui s'apparenterait à une bouteille jetée à la mer. J'y exposerais mon projet et laisserais au destinataire l'initiative de prendre contact avec moi. Je m'adressai d'abord aux seules personnes domiciliées à cette adresse avec lesquelles j'avais été en communication : les repreneurs, un jeune couple avec trois enfants. Ils ne réagirent qu'un mois après, quand je n'y croyais plus. Dans un e-mail, ils expliquaient que ma lettre avait mis du temps à leur parvenir. Pour des raisons professionnelles, ils vivaient depuis deux ans à Brest et revenaient rarement à Paris. Ils étaient tout disposés à me parler.

Au téléphone, Marie-Agnès me décrivit un immeuble tranquille, sans histoires, à part les frictions habituelles liées au bruit, mais dépourvu d'une quelconque vie collective. Pas de repas de rue, ni de fêtes entre voisins, ni même de micro-interactions plus ancestrales basées sur la notion d'échange, comme donner, recevoir ou rendre. « C'était chacun chez soi. Un jour, on est là. Un autre, on est parti. Il n'y avait personne à qui confier les clefs ou demander un baby-sitting. » Au sein de la copropriété, ils détenaient l'un des plus gros lots. Les autres occupants habitaient seuls dans des deux pièces. Des étudiants, pour l'essentiel, qui ne restaient jamais longtemps. « Mais aussi quelques historiques. Des gens assez originaux. »

Elle me conseilla d'interroger le « monsieur du syndic », ainsi que leur ancienne voisine de palier prénommée Astrid. « Une jeune fille très sympathique qui avait un chat. Je pense que votre mère l'a connue. » Selon Marie-Agnès, elle devait être comédienne. « Parfois, je l'entendais répéter un texte. » Dans ce monde anomique, elle avait apprécié la chaleur de son accueil : « Lors de notre première visite, elle rentrait chez elle. En nous voyant, elle a dit : "Ah, bienvenue !" »

Ce fut Marie-Agnès qui évoqua la première les frères Kermarrec, peut-être à cause d'une commune origine bretonne. « Ce sont des jumeaux, des Finistériens, si j'en crois la plaque de leur Kangoo. Ils logent séparément, mais jouent ensemble. » Ils faisaient partie d'un groupe de rockabilly. Elle avait retenu le nom d'artiste du premier : « Un guitariste barbu, coiffé avec une banane à la Elvis. Joe, je crois. Il a une chambre en soupente. L'autre, j'ai oublié. Il habite au rez-de-chaussée et porte toujours une casquette très datée. » Deux célibataires peu causants, mais « très courtois ». Ils se produisaient chaque week-end à Paris ou en province. Avant chaque concert, elle les entendait répéter et assistait au chargement de leur matériel à l'arrière de leur fourgonnette. « Ils tournent un peu partout. Ils sont plutôt renommés sur la scène rock. » Elle ne savait plus comment s'appelait leur formation. « Quelque chose comme les Rebelles rapaces. »

Depuis son emménagement à la pointe de la Bretagne, elle avait mis l'appartement en location. Je lui demandai s'il était possible de le revoir. Elle me prévint que je ne le reconnaîtrais vraisemblablement pas. Une fois l'acte de vente signé, elle et son mari avaient entrepris de gros travaux. On entrait par la porte du milieu, auparavant condamnée, qui donne dans la cuisine et non plus par celle de gauche. L'espace où ma mère évoluait avait été non seulement vidé mais entièrement reconfiguré.

Le bureau, réceptacle de ses rêves d'écriture, servait dorénavant de chambre d'enfants. Son minuscule cabinet de toilette n'existait plus. À la place, une salle de bains, grande et lumineuse, avait été aménagée dans l'ancien vestibule et le dressing.

« Quand on est entré la première fois, ce qui nous a plu, ce sont tous ces livres, dit Marie-Agnès. L'image de votre maman que l'on a retenue, c'était celle de quelqu'un de cultivé, d'intellectuel. » Elle conservait un bon souvenir de ses deux ans passés dans ces lieux, même si elle souffrait de la proximité avec le bâtiment d'en face, un HLM de la ville de Paris en béton cru. À cause de l'étroitesse de la rue, elle pouvait suivre l'activité de chacun de ses alvéoles avec la précision d'un entomologiste. « Au deuxième étage, il y avait une dame, la cinquantaine, qui était tout le temps à son balcon, en train de nous observer. » Régulièrement, elle hurlait des insultes à connotation raciste contre sa voisine du dessous qui, du coup, gardait toujours ses volets fermés. « Deux mois après notre emménagement, elle nous a appelés de sa fenêtre. Elle était complètement effrayée. Elle criait au complot. Elle disait : "Le maire m'en veut." C'était très décousu. Les flics sont arrivés et l'ont embarquée sous nos yeux. On ne l'a plus jamais revue. »

Je repérai immédiatement sur l'image « Joe » Kermarrec à sa barbe raspoutinesque et sa coupe rock. Il jouait à la guitare *My Little Sister's Got a Motorbike* de Crazy Cavan. Son frère l'accompagnait à la contrebasse, la mâchoire serrée et le regard ailleurs. À l'instar de nombreux jumeaux, ils faisaient tout pour se différencier, au point de former un couple quasi antithétique. Le premier affectait un style hirsute, poilu, décontracté et expansif, tandis que le second affichait un visage fermé et glabre, il portait à la ceinture deux chaînes métalliques. Bras et tête nus pour l'un, casquette en tweed grise et tatouages jusqu'aux poignets pour l'autre. Des dessins à l'ancienne, monochromes, simples, linéaires et puissants, mélange de panthères et de femmes en bas résille. Un percussionniste aux cheveux blancs et un chanteur guitariste grisonnant complétaient leur ensemble baptisé non pas les Rebelles rapaces, mais The Greasy Rider's Combo, comme me l'avait précisé le soir même Marie-Agnès, après une rapide recherche sur Internet.

Patchwork de vidéos, de photos et d'affiches, leur page Facebook, likée par 406 fans, les montrait en représentation, notamment lors du festival de rock metal de Raismes, département du Nord, et au Rock n'Roll Car Show de Villeneuve-Saint-Georges. Ils s'en tenaient à un répertoire archiclassique : Gene Vincent, Al Ferrier, Crazy Cavan, The Blasters... Un article paru dans *BCR* (*Blues Country Rock*) saluait l'un des « meilleurs gangs hexagonaux de pur rockabilly » et indiquait qu'il était « composé des frères bretons, Joe et Eddie, de Billy au chant et de Pedro à la batterie ». Question : lequel des deux Kermarrec obsédait ma mère au point de lancer un détective à ses trousses ?

Ils enragent de n'agiter que des mots, ils ne supportent plus leur rôle de scribouillards anonymes, de colporteurs nocturnes et de piliers de bar. Ils en ont assez de ronéotyper, de distribuer des communiqués, ou, pis, de les agrafer, de les plier, avant de les affranchir et de les déposer dans des bureaux de poste dispersés dans Paris afin de brouiller les pistes. Ils en viennent à douter de ce qu'ils font. Et si tout cela n'était qu'une illusion ? Un leurre ? S'ils appartenaient à un groupe bidon dont la seule finalité serait de masquer l'activité d'un vrai réseau ? Serviraient-ils d'appâts comme dans les films d'espionnage ?

Ils bouillonnent, ils menacent de passer à l'action sans trop savoir ce qu'ils entendent par là. Ils gardent en tête la formule utilisée le jour où on les a recrutés : « Voulez-vous aider concrètement les Algériens dans leur lutte pour l'indépendance ? » Ils ont retenu l'aspect pratique, la simplicité, la beauté de la proposition. Après des mois d'attente, ils réclament à leur tour du « concret », du « réel », de l'« effectif », du palpable, et pas seulement du papier. Ils ne sont qu'une poignée ? Et alors ? Combien les résistants étaient-ils au début de l'Occupation ?

Celui qui se fait appeler Christophe, le beau ténébreux, le conducteur de la Traction Avant, peut leur procurer des armes, de vieux tromblons, legs des guerres précédentes, cachés il ne sait plus trop où, au fond d'une malle, dans une maison de famille, ou enfouis sous un massif de fleurs, enveloppés de toile huilée. Un certain Barbier, qu'il vient de présenter à la petite bande, dit posséder lui aussi son arsenal de derrière les fagots, des pistolets un peu rouillés et un Sten en bon état. Il tient une librairie très discrète, au bout de la rue Gay-Lussac, uniquement accessible par le couloir d'un immeuble, et milite dans un groupe tout aussi confidentiel, *Défense du marxisme*, une minuscule comète détachée de la constellation de la IVe Internationale, appelée à rapidement disparaître. Plus âgé – il doit avoir autour de la trentaine –, il semble en faire plus que les autres. Comment le savent-ils ? À quelque chose dans son air, à sa façon de se tenir, de poser sa voix, à son comportement, son « hexis corporelle », comme dira bien plus tard l'un de leurs maîtres à penser.

Entre eux, ils se repassent les mêmes films. Ils se préparent au pire. Ils voient des comploteurs partout. Dans l'armée, la police, jusqu'au plus haut sommet de l'État. Ils leur prêtent un pouvoir démesuré, leur attribuent n'importe quel méfait. Ils vivent dans la psychose perpétuelle d'un putsch, d'une guerre civile, crainte à la fois fantasmée et bien réelle, nourrie par une autre guerre, sale, sans limites, une guerre totale qui, depuis le début du printemps, traverse la Méditerranée, tel un oiseau migrateur, apportant sur le sol français son lot de meurtres, de règlements de comptes, de tortures, de plasticages. Ils en oublieraient presque pourquoi ils sont là. Dans leur esprit, la lutte antifasciste en vient à supplanter le soutien aux « Frères » algériens.

Lors de leurs interminables conciliabules, à La Fourchette ou ailleurs, ils partagent à demi-mot des histoires, ce coup-ci, de polichinelle. De vieilles rumeurs qui circulaient parmi les rappelés quatre ans plus tôt, parvenues jusqu'à eux suivant je ne sais quelle courbure de l'espace-temps. Comme ce prétendu maquis créé par des centaines d'insoumis dans le massif du Vercors, à moins que ce ne soit sur le plateau des Glières. Ils imaginent des francs-tireurs en blouson de cuir ou en veste canadienne, tapis dans les taillis, prêts à reprendre le combat laissé par leurs illustres ancêtres. Certains, dans le groupe, les auraient rejoints depuis longtemps s'ils savaient quel sentier de grande randonnée emprunter.

Cette armée secrète n'existe que dans leur tête. Les noyaux de résistance, les vrais, qui se forment ici et là, ils n'en connaissent pas l'existence, sinon par ouï-dire. Des étudiants qu'ils ont nécessairement côtoyés lors d'une manif ou à la Sorbonne se retrouvent après les cours en forêt de Fontainebleau pour s'exercer au tir. Jambes écartées, bras tendu vers la cible placée à distance réglementaire, dix ou vingt-cinq mètres, carré de papier punaisé à un tronc. D'autres, dont ils auraient aussi pu faire partie, militants, réfractaires, déserteurs, franchissent au même moment le rideau de fer afin de participer à des entraînements militaires en République démocratique allemande, toujours dans l'hypothèse d'un putsch d'extrême droite ou alors en prévision d'un Grand Soir.

Quand, un dimanche d'avril, quatre généraux paradent dans Alger avec leur calot sur la tête, et, du haut d'un balcon, proclament la formation d'une junte, à la manière de dictateurs tropicaux, ils croient leur moment venu. Ils sont prêts à sauver la République. Même le régime qu'ils affrontent les y encourage. Comme tout le monde, ils sont saisis de stupeur en découvrant à la télévision le Premier ministre Michel Debré, le visage blême, mal rasé, les yeux plissés de fatigue, annoncer l'arrivée imminente de « parachutistes sur divers aérodromes afin de préparer une prise du pouvoir » et supplier les Français « dès que les sirènes retentiront » d'accourir au-devant des soldats félons afin de les « convaincre de leur lourde erreur ».

Christophe et Barbier dépoussièrent leur artillerie de musée. Mais où trouver des munitions à pareille heure ? Durant toute la nuit, ils sillonnent les rues avec leurs pétoires vides et une âme de soldats de l'an II. Ils accourent devant le ministère de l'Intérieur, se mêlent à une foule hétéroclite massée place Beauvau, députés en treillis, patrons de presse et syndicalistes sur le qui-vive, écoutent Malraux, la main sur le front et des trémolos dans la voix, convoquer la France éternelle à l'imparfait du subjonctif. Guère à leur place dans cette veillée d'armes à l'allure de soirée mondaine, ils repartent, traversent la Seine, croisent des chars d'assaut sans savoir pour qui ils roulent. Tapioca ou Alcazar ? Devinent à leurs canons pointés vers la lune que la colonne blindée vient en défense, non en ennemie, poursuivent leur chemin, prennent la direction d'Orly, visé un peu plus tôt par une bombe de l'OAS, entendent des gens crier : « Ils arrivent ! », scrutent un ciel sans nuages balayé par des projecteurs sortis eux aussi d'un autre temps, se laissent hypnotiser par le va-et-vient des pinceaux de lumières au-dessus de la ville, mais n'aperçoivent pas la moindre corolle blanche tomber de la Voie lactée. Au petit matin, aucun putschiste casqué n'ayant sauté sur le palais de l'Élysée, ils rentrent chez eux, la tête lourde et la bouche pâteuse, comme après une surboum.

Les voilà, de nouveau, seuls contre tous, avec leurs menées interdites et néanmoins anodines, leurs manèges de bois, mi-farces, mi-tragiques, une lutte qui, comme ils disent, n'est même pas la leur. Encore une fois, ils tournent en rond, mais leur carrousel a changé d'axe. Cela, ils l'ignorent. Leurs chefs en prison ou exil, ils se retrouvent orphelins. Sans en avoir été avertis, ils viennent d'être placés sous l'autorité d'un tuteur. Ils relèvent dorénavant de la maison mère et non plus de son principal partenaire. Depuis quelque temps, les ordres qu'ils reçoivent, les communiqués qu'ils distribuent émanent, non plus de leur mouvement sans tête, mais de la direction algérienne en métropole, la Fédération de France du FLN.

*« Il ne la croisait plus dans l'escalier,
il ne cachait plus de livres
dans les poches de son uniforme,
ses journées n'avaient plus de but. »*

Je dépassai son palier sans m'arrêter et pénétrai un territoire qui m'était inconnu. En montant les marches, je ressentis une appréhension. De son vivant, je ne m'étais jamais aventuré aux étages supérieurs. À part ceux des frères Kermarrec entraperçus sur YouTube, je ne pouvais mettre aucun visage sur les personnes qui habitaient au-dessus, en dessous ou même à côté d'elle. Je ne me souviens pas de l'avoir entendue évoquer devant moi leur existence. Non pas qu'elle les ignorât, mais elle les évitait. Elle se tenait à l'écart. À moins d'un motif exceptionnel, elle ne les aurait pas conviés chez elle. Il lui fallait du temps avant de nouer un lien d'amitié avec qui que ce soit et elle avait toujours observé une certaine méfiance envers son entourage immédiat.

C'était quelqu'un de fier, de pudique, qui restait sur son quant-à-soi et tenait à préserver son intimité. Elle se mêlait rarement à la vie collective de l'immeuble et évitait les réunions de copropriété, promptes aux psychodrames. Elle se défiait de cette socialisation imposée, formée au hasard de l'existence et des aléas de l'immobilier. Elle savait que les êtres humains, dès lors qu'ils partagent un même espace, se jalousent et éprouvent le besoin d'exagérer le peu qui les sépare. Les huis clos se prêtent souvent au pire. Les guerres entre gens proches ou semblables, dans un même village ou sur une même colline, ne sont-elles pas toujours les plus violentes ? La fureur qui s'exerce alors n'a plus de limites, comme s'il fallait, par une inventivité meurtrière redoublée, justifier l'inexplicable.

Afin de ne pas être vue, elle se hasardait dehors quand les autres rentraient chez eux. De préférence la nuit. Dans l'obscurité, elle pouvait s'effacer, être quelqu'un d'autre ou simplement une ombre. Elle vivait pareille à une clandestine, comme si elle avait quelque chose à cacher. En rendant visite à ses voisins, j'avais le sentiment de la trahir. De pactiser avec l'ennemi.

Jacques V. présidait le conseil syndical. À ce titre, il connaissait un peu tout le monde. Il habitait au 5e, première porte à gauche, avec deux chats identiques, à poils courts, dont un « en pension », précisa-t-il en apportant le café. Il vivait là depuis vingt-cinq ans. Il appréciait le calme de la rue, difficilement accessible en voiture et, par conséquent, peu fréquentée. L'édifice était moins silencieux. Forcément. « C'est de l'ancien, donc pas insonorisé comme il faut. » Source inévitable de conflits qu'il s'appliquait à minorer du fait de ses fonctions. Tout juste concéda-t-il quelques « bisbilles », notamment entre le « monsieur du 3e » et la « femme du 4e » qui se levait tôt « pour faire ses prières », comme si ses psalmodies matinales avaient le pouvoir de traverser sols et plafonds.

Il régnait sur une communauté éclatée. La plupart des membres de la copropriété résidaient ailleurs. Il n'avait appris qu'au bout d'un an la mort d'une vieille dame qui possédait une chambre au sixième. « Elle ne payait plus ses charges. On est allé voir chez elle au Kremlin-Bicêtre et on a appris qu'elle était décédée. » La population du 25, rue Philibert-Lucot se composait surtout de locataires. « La seule chose qui m'étonne, c'est qu'il n'y ait pas d'Asiatiques. » Il semblait le regretter. Son appartement était rempli de bouddhas, de peintures sur soie, de porcelaines, de gravures à l'encre de Chine. Des souvenirs de voyages. Il se déplaçait fréquemment à l'étranger. Il avait effectué toute sa carrière dans l'audiovisuel. Un point commun avec ma mère. « C'est un sujet que nous abordions de temps en temps quand on se croisait. Elle était, comme moi, plutôt dubitative sur l'évolution de la télé. »

Il se montrait accueillant et chaleureux, mais je sentais chez lui une gêne dont je n'arrivais pas à identifier la cause. « Je me souviens que son chien ne m'aimait pas trop, finit-il par avouer, afin de combler un silence. Il aboyait toujours quand je passais devant sa porte. » Redoutait-il de me décevoir par la banalité de ses réponses et reconnaître son ignorance ? Dans une grande ville, on peut côtoyer une femme pendant douze ans et ne rien savoir sur elle. « J'ai réfléchi à ce que je pouvais bien vous raconter », m'avait-il lancé, sur le pas de la porte, comme pour tempérer mes attentes. Ou craignait-il, au contraire, d'en dire trop ? De révéler des détails embarrassants ? Un esclandre ? Une crise ?

Il devait s'interroger sur le sens de ma démarche. Dès lors que vous questionnez quelqu'un sur ce qu'il pense d'un tiers, avec un stylo et un carnet, vous introduisez un élément de doute, un parfum de mystère, vous transformez votre interlocuteur en témoin, cet observateur à la fois proche et lointain, adjuvant nécessaire à toute histoire policière. Car pourquoi enquêter sur une personne, y compris sa propre mère, s'il n'y a rien à trouver ? S'il n'y a pas une énigme à résoudre ?

Il lui rendait visite avant chaque assemblée générale. « Elle me filait un pouvoir. Elle me disait : "Allez-y à ma place, moi, ça me fait chier." » Les rares points figurant à l'ordre du jour qui semblaient retenir son attention étaient généralement d'ordre botanique. Notamment les cerisiers plantés dans la rue par la ville. Une initiative des riverains. « On avait signé un truc. Elle était très contente. » Elle se battit également pour sauver le néflier qui poussait devant sa fenêtre, au milieu de la petite cour intérieure que Jacques V. s'évertuait à appeler le « jardin ». Ses racines menaçaient les murs de l'appentis. Il fut remplacé par un troène. « Elle ne voulait pas qu'on le coupe. Elle disait qu'il lui faisait de l'ombre. » Un arbre en guise de camouflage.

Soudain, il employa une expression troublante : « Elle était discrète, discrète à mort. » C'était comme s'il parlait par allusion. « À la fin, je ne la voyais pas beaucoup. Elle devait être très cloîtrée. » Devant mon désarroi et pour adoucir ses propos, il s'empressa d'ajouter : « C'était quelqu'un d'agréable, qui avait de la classe. »

Qu'il s'agisse d'un simple fait divers, d'un crime crapuleux ou d'une affaire de terrorisme, par définition, un témoin, c'est celui qui n'intervient pas. Pour justifier sa passivité, c'est-à-dire précisément son statut de spectateur, il insiste dans un premier temps sur la normalité de la situation. Il n'a rien fait, car il n'a rien remarqué d'inhabituel. Il se reconnaît à ses phrases creuses qui désespèrent l'enquêteur, du genre : « On se voyait rarement, mais cette personne se montrait toujours aimable » ou « C'était un garçon très poli. Jamais on n'aurait imaginé cela de lui… » À un moment donné, dans la conversation, le témoin doit aussi exprimer un bémol, une note dissonante, relever un fait étrange, souligner une anomalie prouvant qu'il n'est pas dupe, afin d'échapper au reproche d'avoir été inattentif, voire indifférent.

Jacques V. aborda de lui-même sa déchéance physique. « J'ai compris qu'elle était tombée malade en la voyant à son balcon. Elle était très affaiblie, mais avait toujours sa clope au bec. C'était incroyable ! Elle fumait comme un pompier. » Les voisins se plaignaient-ils de l'odeur de tabac dans l'escalier ? « Oh, elle n'était pas la seule. Il y avait aussi les deux frères au rez-de-chaussée, qui font du rockabilly, ils ont le look légèrement ZZ Top, mais français. La fumée de leurs cigarettes se mélangeait. »

En sortant de chez lui, je tombai justement nez à nez avec l'un des deux Kermarrec, celui à la barbe hirsute. Joe le guitariste. Casquette, chaîne de métal pendue à la poche du pantalon. Un grand échalas, flottant dans ses vêtements. Un polo vert, un jean. Il montait au sixième avec un pack de bières. Le genre pas commode qui me dominait d'une tête. Il remarqua ma curiosité et me dévisagea à son tour. Jacques V. sentant mon embarras nous présenta. J'en profitai pour l'interroger sur ma mère. « À l'époque, j'habitais pas là. » Et votre frère ? « Je vais lui en parler. » Je lui tendis une carte de visite avec mon téléphone. Il lut et relut mon nom, comme s'il lui rappelait quelqu'un. Il garda le bout de papier dans sa main. « On vous appelle demain. »

Astrid L. m'avait fixé rendez-vous au Comptoir des Arts, à proximité de Censier, son ancienne université. Il faisait beau. Nous nous étions installés en terrasse. Elle faisait du théâtre amateur et enseignait le français dans un collège privé. Elle ne paraissait pas avoir plus de trente ans. Elle préférait me rencontrer à l'extérieur. Elle disait vivre dans un « appartement d'étudiante, assez bordélique » et tenait à mettre ce qu'elle appelait une « certaine barrière » entre elle et les autres. Une discrétion qu'elle partageait avec ma mère. En sept ans, Astrid n'était entrée qu'une seule fois chez sa voisine de palier. Pour une affaire de plomberie. Elle ne savait plus très bien qui des deux avait sollicité l'aide de l'autre. Ma mère, sans doute, qu'un simple incident technique plongeait dans la plus grande angoisse. « Du coup, elle m'a fait visiter les lieux. » Elle avait apprécié qu'elle ne lui propose pas un café. Elle aurait été gênée d'avoir à lui rendre la pareille.

« Elle m'avait donné l'impression d'être une femme engagée. » Une anecdote lui revint à l'esprit. Un jour, elle lui avait dit qu'il fallait dorénavant boycotter le McDo de la place d'Italie car l'un des serveurs avait été viré pour avoir donné à manger à un SDF. Une autre fois, elle l'avait vue sortir dans la rue et croiser un jeune dealer, une figure à la fois familière et anonyme du quartier, qui utilisait la laverie automatique, en face de l'immeuble, comme son présentoir. Elle entendit distinctement ma mère lancer dans sa direction un « Salut, Fred ! ». « J'ai trouvé ça très drôle qu'elle ait employé ce diminutif. Peut-être l'avait-elle connu enfant ? » Je lui demandai si le Fred en question continuait son petit commerce sous sa fenêtre. Mais, non, il avait disparu. « Cela fait plusieurs mois qu'on ne le voit plus. »

« On n'échangeait pas beaucoup, dit-elle. Dans cet immeuble, il n'y a pas de réelle interaction. » Personne ne se parlait, mais tout le monde s'écoutait. Les parois étaient si fines. « Depuis ma chambre, au premier, je peux suivre une conversation dans la rue », poursuivit Astrid L. Elle entendait ma mère, de l'autre côté du mur, sermonner son chien chaque fois qu'il éructait : « Elle n'était pas vraiment énervée. Elle communiquait avec lui par de toutes petites phrases. Comme moi avec mon chat. »

Un voisinage se résume à des bruits et des plaintes. Les Kermarrec répétaient régulièrement la nuit dans leur local du rez-de-chaussée. « Maintenant, ils le font moins. Je leur ai demandé un jour s'ils pouvaient avoir l'amabilité de s'arrêter à minuit. Un matin, votre mère m'a dit : "Vous avez vu le concert, cette nuit ? Les flics sont déjà venus pour tapage nocturne. Vous pourriez leur parler. Ils sont bretons comme vous." » Les dernières années, sa voisine de palier se montrait plus taciturne, comme absente. « Je la sentais enfermée dans son monde. »

Encore une affaire de parois, de murs porteurs, de fenêtres, de couloirs, d'entrée, d'espaces intermédiaires aux fonctionnalités floues. Ma mère était ce que je ne savais pas d'elle et que je chercherais indéfiniment toute ma vie. Elle se barricadait, elle élevait des remparts et guettait un ennemi invisible. Pour pouvoir l'appréhender, je devais la transformer en un roman policier, la réduire à des informations consignées dans mon carnet, méthode familière que je pratiquais depuis des décennies, et la tenir ainsi à distance, parce que cette histoire me faisait peur. Par ce biais, les moindres bribes que je recueillais acquéraient une profondeur, une grandeur imprévues.

Astrid L. m'avait conseillé de rencontrer l'homme de ménage dont elle ne se souvenait que du prénom, « Pierre ». Préférant travailler de jour pour ne pas avoir à chercher constamment le bouton de la minuterie, il assurait son service en début d'après-midi. J'arrivai vers 16 heures afin de ne pas le déranger en plein labeur. Je prêtai l'oreille. Pas un bruit dans l'escalier. Je ressortis et décidai de l'attendre à l'extérieur. Plusieurs mois s'étaient écoulés depuis mon dernier passage. Dans la rue, les arbres perdaient leurs feuilles. Une tour ronde coiffée d'une calotte brune, la plus haute de l'opération Italie 13, se découpait à contre-jour au-dessus d'une rangée d'immeubles anciens et d'une barre HLM. Je me dis que l'architecture des années 1970, en démultipliant le nombre des fenêtres, reposait sur une idée de transparence, une volonté d'effacer les murs, de ne rien opposer à la lumière, et donc, sur l'utopie de vouloir tout montrer.

Un jeune garçon approchait, le visage enfoui dans son blouson, il soufflait, haletait comme s'il avait couru et avançait en claudiquant. En fait de boiterie, il balayait le trottoir du pied, repoussant avec sa semelle les mégots dans le caniveau. Ses mouvements étaient de plus en plus saccadés comme s'il luttait contre le macadam. « Je devrais travailler à la mairie, moi ! » criat-il. Je lui demandai s'il faisait aussi le ménage dans l'immeuble. Il rit : « Dans la rue, uniquement. » La nuit était tombée. Pierre ne viendrait plus. Je m'apprêtais à partir quand je vis sortir un homme en perfecto, une casquette marron, un jean serré retroussé aux mollets, des rouflaquettes. Je reconnus aussitôt Eddie ou plutôt Jean-Marie Kermarrec. Il me regarda, poursuivit son chemin d'une démarche dégingandée, avec sous le bras un cabas vide en polypropylène tissé, contrecoup probable de l'interdiction des sacs de caisse dans les supermarchés. Il tourna à droite à la hauteur du Fleur de Lys, buffet à volonté, spécialités asiatiques. Il n'allait pas à l'Exostore. Il devait se diriger vers le Casino.

Mon portable sonna. C'était Pierre. Il me dit de l'attendre Chez Claude, le café-bar à l'angle de la rue Gandon. À mon arrivée, la serveuse dont le ventre rond laissait deviner un début de grossesse étudiait une lunette de toilettes blanche posée sur son comptoir, « Comme ça, je pourrais m'asseoir », expliquait-elle à un client qui devait être quincaillier ou gynécologue. Je m'installais sous une affiche vantant le beaujolais nouveau quand surgit un homme avec un balai et un seau en plastique. Tee-shirt et survêt noirs, barbe poivre et sel, il devait avoir à peu près le même âge que moi.

Après une première année de médecine, Pierre avait choisi de devenir concierge, comme sa mère, Rosa, une personnalité du quartier. Il faisait le ménage dans cinq immeubles de la rue. Toujours l'après-midi. « À partir de 17 heures, les gens rentrent, j'aime mieux que tout soit propre. » Il serra distraitement la dextre d'un passant. « Ça va bien ? En forme ? » Et reprit : « J'ai connu votre maman. Elle était réservée, assez rude. Elle me disait toujours : "Ne mouillez pas trop le sol." Elle avait peur de tomber. Elle ne sortait pas beaucoup. Des fois, ça m'arrivait de lui prendre son sac-poubelle. Elle le laissait devant sa porte et je le descendais. Mais pas souvent. Elle aimait être autonome. » Pierre avait été à l'école primaire, rue de Choisy, avec les jumeaux Kermarrec qu'il décrivait déjà comme « très discrets, un peu dans leur monde et toujours ensemble ».

En revenant sur mes pas, j'aperçus dans l'obscurité la silhouette du bassiste du Greasy Rider's Combo, son sac à la main, cette fois bien ventru.

« Monsieur Kermarrec ?
— Oui ?
— Je vous avais appelé il y a quelques mois, à propos de ma mère. Vous n'auriez pas un moment ?
— Je suis très occupé et, comme je vous avais prévenu, je n'ai rien à vous dire. Je ne connaissais pas votre mère », coupa-t-il d'un ton glacial.

Après une brève hésitation, je lui lançai :

« Vous saviez qu'elle avait engagé un détective pour vous suivre ?

– Un détective ? Pour me suivre ?

– Oui. »

Il n'avait pas l'air surpris. Comme si, depuis le début, il savait précisément pourquoi je tenais tant à lui parler.

« Je sais qu'elle a porté plainte, lâcha-t-il.

– Contre vous ?

– Oui, contre moi. »

Il ne souhaitait pas en dire plus, me tourna le dos et tapa avec son index le code d'entrée.

« On ne pourrait pas se voir ? Quinze minutes, pas plus. Si vous voulez, on peut prendre un verre. »

Je lui proposai de l'appeler le lundi matin. Il fit mine d'acquiescer et profita de cette échappatoire pour disparaître dans l'immeuble. Le jour dit, je composai de nouveau son numéro. Les sonneries se succédèrent sans que personne réponde jusqu'au déclenchement d'une annonce vocale monocorde et peu engageante. Je laissai un message tout en sachant, au fond de moi, qu'il n'aurait jamais de suite.

Il est en retard et, lorsqu'il arrive enfin, il ne pousse pas tout de suite la porte vitrée, il traîne, il prend son temps. Sa lenteur dérive d'un tempérament lymphatique, à moins qu'elle ne vise à contrecarrer les plans d'un adversaire, à survenir toujours quand on ne l'espère plus. Grand, massif, un crâne dégarni, une tête ronde barrée d'une courte moustache taillée en triangle, il se tient exagérément droit, comme en réponse à tous ceux qui s'attendent à le voir marcher voûté. Un sac volumineux aux armes d'une compagnie aérienne pend à son épaule. Après quelques pas dans la salle, presque vide en cette fin de matinée, il repère le signal convenu, un exemplaire de *France-Soir* plié en deux sur le guéridon, à côté d'une pipe et d'une blague à tabac. Il pose sa besace entre ses pieds et, sans dire un mot, s'assied en face du propriétaire du journal. Il dévisage son interlocuteur qui n'est autre que le garçon à lunettes. D'un simple coup d'œil, il passe au scanner ses empreintes biométriques, son âge, ses états de service, son matricule et son degré de maturité politique. À sa mine dubitative, la note qu'il lui attribue n'est pas brillante.

Il a déjà fait connaissance avec ses compagnons. Comme eux, il le rencontre au Villars, un café situé derrière les Invalides, où il semble avoir ses habitudes. La clientèle se compose surtout d'officiers et de fonctionnaires de l'Outre-mer dont le ministère se trouve dans une rue parallèle. Il préfère éviter les troquets du Quartier latin remplis d'agitateurs et trouve amusant de fixer ses rendez-vous sous le nez des principaux exécutants de la politique coloniale de la France. La trentaine, chemise blanche, cravate, veste de bonne coupe, il soigne autant son apparence vestimentaire que les lieux qu'il fréquente. Quand il prend le train ou le métro, il voyage toujours en première. « Plus on paraît riche, moins on se fait remarquer », a-t-il coutume de dire.

Auprès de la petite bande et de son jeune représentant, il se fait appeler « Le Noir », vraisemblablement à cause de sa peau bistre. Il aurait pu décliner une autre identité. Il en possède tellement ! Une pour chacun des personnages qu'il interprète. Dans son abondante correspondance, il signe « Marcel ». Un alias bien franchouillard. Tous les cadres du FLN implantés dans l'Hexagone en ont un. Ses frères d'armes, affublés eux aussi des prénoms de l'ennemi, les Jean, les Alain, les Xavier, les François, les Philippe, le surnomment « Armstrong », car ils lui trouvent une vague ressemblance avec le jazzman américain. Ailleurs, dans le civil, il porte le nom de Madjoub Benzarfa.

Il en impose par son physique et le débit de sa voix. Il se comporte comme un maître avec son élève. Il lui parle ou plutôt lui susurre très lentement, en marquant chaque liaison, comme s'il le soumettait à une dictée. Il lui demande s'il possède un appartement, s'il peut se déplacer, en France, éventuellement à l'étranger. Le jeune homme n'a ni logement ni voiture à offrir. Il l'interroge alors sur son groupe, son imprimeur de la Bastille, la Sorbonne, la FGEL, la Fédération des étudiants en lettres, et plus généralement, sur l'état de l'opinion, son apathie, son silence. Tous les jours, ses compatriotes sont torturés, assassinés, balancés dans le canal de l'Ourcq, pendus au bois de Vincennes, et pas un mot dans les journaux. Pourquoi ? Sans attendre la réponse, il paraît soudain pressé, regarde sa montre et désigne le gros colis posé sur le carrelage. Encore de la paperasse à écouler. Devant le manque d'enthousiasme de son voisin de table, il insiste sur l'importance de son action. « Un message convaincant fait autant pour la cause qu'une opération militaire », lui rappelle-t-il en se levant de sa chaise.

Une fois revenu dans sa chambre, le garçon ouvre le sac de voyage et répand son contenu sur le lit. Il reconnaît aussitôt la prose du FLN. Un énième « Appel au peuple français », des brochures consacrées à « La femme algérienne dans la lutte de libération », la plate-forme de la Soummam, une déclaration du gouvernement provisoire de la République algérienne démocratique et populaire, quelques exemplaires d'*El Moudjahid*, et des lettres à expédier à différentes ambassades. Toujours le même boulot de coursier.

Sa curiosité est davantage aiguisée par un bulletin au titre accrocheur : « La police française, ce qu'elle est et comment la combattre. » Il s'agit d'une sorte de manuel destiné « au militant » afin de lui apprendre à déjouer une filature, semer ses poursuivants et ne rien lâcher durant un interrogatoire. Le suiveur, y lit-on, est « souvent déguisé en clochard, en motocycliste ou en employé du gaz ». C'est à ses yeux qu'on le reconnaît : « Le regard du policier scrute souvent très loin autour de lui, négligeant la proximité immédiate. » Et aussi à sa tenue. À son « costume en tergal », ses « chaussures pas chères, pratiques et solides » et aux « boursouflures de sa veste, soit sous l'aisselle, soit à la hauteur de la ceinture », correspondant à l'emplacement des étuis à pistolet et des menottes. Des conseils qui laissent sans doute l'intéressé songeur. Avec sa myopie de vieille taupe, comment pourrait-il remarquer quoi que ce soit ?

Jean-Claude, l'ami qui l'a fait entrer dans le réseau, l'étudiant enjoué, manipule lui aussi de la littérature, par caisses entières. Pendant un mois, le voilà libraire. Il remplace Barbier dans sa petite échoppe de la rue Gay-Lussac. Les livres qu'il commande ne revêtent aucun caractère subversif.

Sur les tables, nulle trace des écrits pacifistes ou anti-impérialistes qui font la renommée de La Joie de lire. Les textes censurés sont également absents des étagères. La devanture n'expose que des ouvrages savants et des romans grand public. Rien qui pourrait éveiller la vigilance des autorités. L'officine, encastrée entre une station-service et un salon de coiffure, n'attire d'ailleurs pas l'attention de grand monde. Aucune importance. Elle n'a pas vocation à gagner de l'argent. C'est une couverture. Elle appartient en réalité à l'armée clandestine algérienne. Barbier n'est qu'un prête-nom.

L'arrière-boutique sert de lieu de réunion et de dépôt. Chaque mois, des inconnus y apportent des millions de francs en petites coupures, entassées dans des valises et, plus souvent, des sacs de sport. Des billets vieux, fripés, poisseux à force d'être passés de main en main, sentant l'effort, une odeur acide, parfois écœurante. Ils ont été collectés dans tout Paris, juste après la paie. Un impôt révolutionnaire qui ne cesse d'augmenter avec les années, que d'autres activistes, sur un coin de cuisine, dans une sacristie, ou, ici, au milieu des livres, comptent et recomptent des nuits entières, trient par liasses de dix, la gorge nouée de peur de se tromper.

Au cours de l'année 1961, Barbier, qui signe d'un curieux « M'B », écrit au comité fédéral du FLN établi quelque part en Allemagne. Le ton qu'il emploie est celui d'un gérant s'adressant à son propriétaire. Il dresse un bilan plutôt médiocre des « comptes de la Librairie », puis se targue d'avoir « commencé à monter un réseau », distinct de Jeune Résistance. Il affirme disposer de « deux filles dévouées » avec « voiture, appartement et possibilité de déplacement », de « sept garçons, de 20 à 40 ans, 3 voitures, 3 appartements, 1 chambre – possibilités diverses – déplacements – convoyage – liaisons, etc. ». Il possède même une vieille machine d'imprimerie, un duplicateur à stencil, certes « en réparation, opérateur à chercher, précise-t-il. Tous ces camarades peuvent être mis en mouvement début septembre ».

> « *Flammes et cendres, c'était tout*
> *ce à quoi ils avaient droit.* »

En ce jour dominical, le seul attroupement que la préfecture aurait pu qualifier de suspect se rencontrait sous le métro aérien, à la hauteur de la station Corvisart. Une population très blanche de peau, composée majoritairement d'hommes, s'agglutinait autour de camionnettes remplies de cartons. Après de brefs marchandages effectués dans une langue slave, du russe ou de l'ukrainien, des caisses contenant surtout de l'électroménager rentraient et sortaient de véhicules immatriculés quelque part en Europe de l'Est. En une poignée de minutes, l'équivalent d'un magasin Darty changeait de main sans qu'il soit possible de distinguer avec certitude l'acheteur du vendeur.

Ce ballet confus concurrençait l'autre marché hebdomadaire, réglementé celui-là, déployé sur le trottoir opposé du boulevard Blanqui, côté impair. Entre deux étals, défilait une foule compacte et fébrile que des commerçants encourageaient d'un « vous allez vous régaler », « ça se garde jusqu'à Noël » ou « c'est comme les filles, on ne les mange pas qu'avec les yeux ». Le maelström s'interrompait brutalement à l'angle aigu de la rue des Cinq-Diamants. À la bifurcation, il y avait comme une clairière au milieu de la forêt. C'était là, sur ce triangle de bitume, devant le stand « Mahmoud Fleuriste Deuil et Mariage », que, chaque dimanche matin, ma mère contribuait, en compagnie de son chien Earnest, à l'émancipation du genre humain.

Au milieu des années 1990, elle y retrouvait quelques militants afin de les aider à écouler les tracts et le mensuel d'une organisation aujourd'hui défunte appelée Ras l'Front qui avait pour but – comme son nom en forme d'interjection l'indique – de combattre le Front national partout où il se manifestait. À commencer par cet emplacement stratégique, situé en début de marché. Ma mère et ses camarades disputaient le terrain ou plutôt le partageaient avec des partis rivaux, cocos, anars ou trotsks, mais au moins unis dans le combat contre le fascisme alors personnifié par une vieille dame à serre-tête. Une aristocrate sortie de je ne sais quel manoir branlant et dépêchée, faute de mieux, en l'absence de têtes rasées, de soutanes, de lodens ou simplement de femmes plus jeunes et plus blondes, dans ce quartier encore ancré à gauche.

J'imagine ma mère chassant l'intruse aux cris de « F comme fasciste, N comme nazi. À bas le Front national ! ». Peut-être joignait-elle le geste à la parole en s'aidant de son sac La Bagagerie en cuir grainé gris, déjà un peu élimé, ou lâchait-elle son molosse en modèle réduit. L'ennemie partie, elle devait proclamer la « zone libérée », selon le mantra du mouvement.

Vingt ans après, à part trois sapeurs-pompiers en pull-over bleu nuit qui proposaient leur calendrier, plus personne ne disputait son bout de trottoir. Il fallait avancer jusqu'à la rue suivante du Moulin-des-Prés pour retrouver un semblant de vie militante. En l'occurrence, un partisan d'En Marche et un vendeur de *L'Huma dimanche*. Le premier, qui détonnait par l'urbanité un peu vieillotte avec laquelle il accomplissait sa tâche, invitait les passants à une réunion Bilan & perspectives dans une brasserie chic du 13e, tandis que le second, un retraité de la fonction publique, tenait son kiosque comme chaque semaine sans tralala ni parole inutile. Il était ce matin-là le seul survivant de la lutte des classes des siècles précédents. En voyant sa « une » consacrée à l'évasion fiscale, je me dis qu'Earnest, à force de lever la patte devant le moindre paquet de journaux, avait dû être la cause de nombreux incidents diplomatiques.

À la fin du IIe millénaire, ma mère participait à une kyrielle d'associations à buts politiques ou humanitaires. À la lecture de ses carnets, elle y consacrait ses journées, ses soirées, ses week-ends. Un véritable emploi du temps de ministre, constellé de sigles divers : « Samedi, 14 h 30 : départ de la manif contre la réforme de l'UNEDIC, place d'Italie », « 1er avril, nuit du cinéma antifasciste », « Jeudi prochain, réunion Ras l'Front. Lieu habituel », « Vendredi, 13 heures, collectif chômeurs et précaires, à la mairie de Montreuil », « Mercredi, porter fringues à la Mie de Pain », « Ne pas oublier : courrier à la Ligue des droits de l'homme », « À partir de mardi, permanence du MRAP », « 12 avril, meeting d'AC ! rue de la Clef », « 14 mai, 20 heures, DAL », « mardi 16, cahier de doléances du 13e sur le vote des immigrés ».

Exclue des forces productives, elle avait épousé assez naturellement la grande cause de son temps, celle des « sans », les sans-travail, les sans-papiers, les sans-logis, des sans-nom, des sans-visage, des gens qui n'ont plus rien ou n'ont jamais rien eu, représentés par des mouvements comme AC ! Agir ensemble contre le chômage, le DAL, le Droit au logement, ou encore DD !, Droits devant. Dans une France encore politisée mais qui désormais ne croyait plus à la Révolution, de nouvelles formes d'action se développaient hors des partis et des syndicats traditionnels, parfois plus radicales, mais aussi plus concrètes, davantage tournées vers des résultats immédiats et débarrassées des oripeaux idéologiques du passé. C'était l'époque des collectifs, des coordinations, des ensembles lâches et ouverts constitués autour d'un seul objectif. Ma mère, à cause de son parcours, était séduite par cette génération de militants déterminée à agir ici et maintenant, sans attendre d'hypothétiques lendemains qui chantent.

Cortèges, meetings, campagnes d'adhésion, rassemblements, tractages, pétitions rythmaient son quotidien, au même titre que ses cigarettes. La liste des batailles qu'elle menait semblait infinie : elle guerroyait à la fois contre l'extrême droite, le chômage, la précarité, le tout-sécuritaire, la peine de mort aux États-Unis, la cherté du logement, les expulsions, le racisme, l'antisémitisme et, bien sûr, pour la paix. Elle s'alarmait du devenir des peuples, comme du sort réservé à un petit dealer de quartier ou aux clochards de la place Verlaine. Ma mère clouée au lit ? Réduite à l'état larvaire ? Loin de l'image que je me faisais d'elle, son agenda décrivait une femme suractive, mobilisable à chaque instant, prête à voler au secours de tous les damnés de la terre, à s'enchaîner à n'importe quelle grille, et à battre inlassablement le pavé entre la Nation, la Bastille et la République.

Sous son apparente léthargie, elle bouillonnait, comme un cratère à moitié endormi, percé de fumerolles, un cendrier géant rempli de mégots encore incandescents. Un chaudron perpétuellement au bord de l'éruption. C'était une agitatrice, une révoltée, une Wonder Woman de la militance, un personnage donquichottesque continuellement en quête de nouveaux moulins à attaquer, un être capable d'une grande générosité, de pas mal de courage, mais aussi de violence. Dans une vie antérieure, elle avait quitté le Parti communiste français au prétexte qu'il refusait de l'admettre au sein de son service d'ordre. Ma sœur et moi étions persuadés que si Médecins sans frontières, la SPA, Caritas ou Emmaüs avaient créé une branche armée, elle en aurait aussitôt pris le commandement.

Le portrait que dressaient d'elle ses anciens camarades était un peu plus nuancé. Un chandail bleu à visière, des lunettes, des yeux rieurs, le tutoiement immédiat, comme s'il allait de soi, Patrick Bobulesco tenait la meilleure librairie politique de Paris, Le Point du jour, rue Gay-Lussac. Un incroyable bric-à-brac régi selon un mode de classement connu de lui seul et d'où il pouvait extraire en un temps record l'ouvrage le plus obscur réclamé par sa clientèle. Par exemple, *La Jeunesse de Karl Marx*, thèse longtemps introuvable d'Auguste Cornu, ou encore *La Commune de Paris et la notion de l'État* de Mikhaïl Bakounine. Il répondait à toutes les demandes avec la même obligeance. Pour parvenir jusqu'à lui, il fallait escalader une montagne de papiers. Sa caisse disparaissait sous des colonnes de livres plus ou moins élevées, pareilles à des vestiges romains, une antique république des lettres tombée en ruine.

Il ne se souvenait pas d'une personne particulièrement engagée. « Sur le plan politique, ce n'était pas énorme. Elle restait très discrète. Mais on était sur la même longueur d'onde. » Il fit mine de réfléchir : « Je ne crois pas m'être jamais engueulé avec elle. » Dans sa bouche, cela sonnait comme une prouesse, un événement à marquer d'une pierre blanche. Je l'interrogeai sur ses autres activités, au MRAP ou à Agir ensemble contre le chômage. « Ah bon, elle était là-dedans ? Alors Daniel a dû la connaître. Daniel, c'est un camarade. » À l'entendre, ma mère assistait épisodiquement aux réunions et, quand elle était présente, prenait peu la parole :

« Dans aucune de ces structures, elle ne voulait jouer un rôle moteur.

– Elle papillonnait ?

– On peut dire ça. »

Le 16 juin 1999, elle ne papillonnait pas. Au moment où quelque part, sur la planète, une naissance faisait franchir à l'humanité le cap symbolique des six milliards d'individus, ma mère tentait de sauver un condamné à mort. Elle avait pris fait et cause pour Mumia Abu-Jamal, un journaliste noir américain, ancien des Black Panthers, reconnu coupable du meurtre d'un policier à Philadelphie et promis à la chaise électrique. Elle connaissait des membres de son comité de soutien en France – il en avait un peu partout – et participait à certaines de leurs démonstrations de force. Ils ciblaient généralement des intérêts américains dans l'Hexagone. En ce mercredi de juin gris et froid, ils voulaient profiter de la visite à Paris du président Bill Clinton pour crier encore une fois son innocence et réclamer un nouveau procès.

Ils auraient pu faire le siège de l'ambassade des États-Unis, du palais de l'Élysée ou encore de Chez l'Ami Louis, un bistrot à la cuisine dite traditionnelle, escargots de Bourgogne, foie gras et nappe à carreaux de rigueur, où les Clinton dînèrent le soir même en compagnie des époux Chirac. Ils préfèrent se rabattre sur un objectif moins attendu : l'American Library, rue du Général-Camou. Un choix discutable : la bibliothèque, fréquentée en son temps par Ernest Hemingway, Henry Miller, Anaïs Nin, Gertrude Stein ou James Baldwin, est un établissement privé, sans lien avec les autorités fédérales américaines et encore moins avec l'État de Pennsylvanie au nom duquel Mumia Abu-Jamal avait été jugé et condamné.

L'arrivée d'un peloton de CRS casqués, plexiglassés, rembourrés de partout et armés de gros bâtons, mit fin brutalement à leur sit-in bruyant, mais pacifique. Ma mère, ainsi qu'une quinzaine d'autres manifestants furent traînés à l'extérieur du bâtiment et embarqués sans ménagement. Elle termina la journée au commissariat central du 7e arrondissement. Un lieu plutôt sinistre. Une chape de béton aménagée sous l'esplanade des Invalides. Une sorte de parking souterrain transformé en poste de police. Après une fouille au corps, elle se retrouva dans une petite cage éclairée au néon.

Michèle n'habitait pas loin, au début du boulevard des Gobelins. En prévision de notre entretien, elle avait pris des notes dans un cahier qu'elle feuilletait, tout en parlant. Elle ne savait plus précisément lors de quelle occupation d'église elle s'était liée d'amitié avec ma mère. « Était-ce à Saint-Bernard, Saint-Ambroise ou à Jeanne-d'Arc ? » Son aide-mémoire ne lui était d'aucun secours. Elle gardait en revanche une image très précise de leur captivité sous la dalle des Invalides : « Ça a bien duré deux ou trois heures. Je suis claustrophobe. Je ne me sentais pas bien. Mais Françoise, elle avait cette insuffisance respiratoire. Tout d'un coup, elle a été prise d'étouffements, de vertiges. » Elle s'était mise à tousser, à déglutir, à aspirer l'air, la bouche grande ouverte, en battant des mains. Elle manqua de s'évanouir derrière ses barreaux. Ce fut l'un de ses derniers coups d'éclat.

Ma mère essayait de renouer des fils, de retrouver sa jeunesse, le temps de son innocence ou de sa culpabilité, une première vie, peut-être la seule, la vraie, de la reprendre là où elle l'avait interrompue, comme si elle cherchait sans y parvenir à réactiver un film trop longtemps mis sur pause et dont la dernière image aurait disparu de l'écran, ne laissant plus qu'un fond bleu. À moins que tout cela n'ait été qu'un rêve, un fantasme. Comment savoir ?

Pendant quelques mois, son appartement servit de planque. J'ignore qui lui présenta Jean-Philippe et lui demanda de l'héberger quelque temps. Le jeune homme avait eu droit, lui aussi, à un comité de soutien durant son emprisonnement. Lorsqu'elle fit sa connaissance, il sortait d'un des pénitenciers les plus durs d'Espagne, Herrera de la Mancha, un cube hermétique posé sur un plateau aride au milieu de la péninsule Ibérique. Six ans de prison pour « collaboration avec l'organisation terroriste ETA ». Il avait purgé l'intégralité de sa peine. Aucun pardon, ni rabais, en dépit d'une intense mobilisation en sa faveur et de la faiblesse des charges retenues contre lui.

Tout en étant lui-même béarnais, il soutenait la cause basque, découverte au cours de ses études de sociologie à l'université de Bordeaux. Après sa libération, il était devenu l'un de ses porte-parole, de ce côté-ci des Pyrénées. Une voix connue en Ipparalde, le Pays basque français. Jusqu'au moment où il avait dû de nouveau se cacher. La police le recherchait à la suite d'une affaire quelconque, d'armes ou de recel. Je ne sais trop. Ma mère, comme à son habitude, ne disait rien. Elle n'évoquait l'existence de « Jipé », comme elle l'appelait, qu'à demi-mot, avec l'air d'un enfant qui a piqué des bonbons à la boulangerie. Ils avaient cohabité plusieurs semaines, voire quelques mois. Un exploit pour quelqu'un si soucieux de protéger son espace vital. Son invité qui n'avait pas encore trente ans souffrait d'un début de sclérose en plaques. Son état nécessitait un traitement lourd, mais il n'osait pas consulter de médecin de peur de se faire repérer. Il fallait lui procurer de fausses ordonnances, le soigner, le nourrir, le blanchir, expédier son courrier, tout en veillant à ne pas attirer l'attention des voisins. Elle s'acquittait avec soin de toutes ces tâches. Et un beau jour, elle s'était de nouveau retrouvée seule avec son chien.

Une fois entrée dans les années 2000, elle avait déserté le terrain des luttes au profit de formes de solidarité plus indirectes. Vers la fin, elle se contentait de verser des subsides à toutes sortes d'œuvres caritatives : 60 euros à Médecins du monde, 40 euros à La Chaîne de l'Espoir, 30 euros à l'Institut Pasteur, 30 euros à Sidaction, 30 euros au Bureau international catholique de l'enfance, 39 euros à Amnesty International, 35 euros à l'Association France-Palestine Solidarité, 82 euros à la Fondation Abbé Pierre. Ses dons témoignaient aussi d'un intérêt grandissant pour la cause animale : 58 euros à Chiens guides d'aveugles. 40 euros à 30 Millions d'amis, 35 euros à Canins câlins, 50 euros à Toutous, nous aurons tout. À défaut de son argent, son temps était désormais compté. Elle se consacrait dorénavant à des combats plus intérieurs.

On bascule rarement d'emblée dans l'illégalité. On rend d'abord des petits services, on donne un coup de main, puis un autre, on fait des choses modestes qui ne se refusent pas, qui ne prêtent même pas à discussion. On entrepose chez soi des papiers dont on ignore tout, on ajoute un faux nom sur sa boîte aux lettres, on reçoit du courrier que l'on n'ouvre pas, on assiste à des réunions devenues trop habituelles pour prétendre être encore clandestines, on sonne à des portes, jamais les mêmes, on va d'un endroit à un autre, des adresses que l'on s'empresse d'oublier, on remet des colis à des inconnus avec qui on n'échange aucune parole, à peine un bonjour, au revoir, des fois, pour donner du piquant à une vie de démarcheur, on joue aux espions, on regarde derrière soi en marchant dans la rue, on saute d'un métro au moment où les portillons se referment, on entre dans un cinéma, on ressort par les toilettes, comme dans un film, peut-être celui-là même qui est projeté à l'écran, et puis, un jour, on héberge quelqu'un sans poser de questions.

« Vous êtes Sophie ? » Il l'appelle par son nom de code. Elle le fait entrer et verrouille la porte derrière lui avec un peu trop de hâte, l'œil inquiet, les sens en éveil. La situation vaudevillesque la fait presque sourire. Elle se conduit comme une femme mariée qui recevrait en cachette son amant. Elle bafouille quelques mots de bienvenue. Il reste silencieux. Il paraît aussi embarrassé qu'elle. Elle lui propose un café. Elle lui dit qu'il pourra travailler sur la table autour de laquelle ils sont maintenant assis. Elle lui indique le cabinet de toilette, le coin cuisine, le réchaud, la bouilloire, le transistor sur l'étagère. La pièce est petite, elle en a vite fait le tour. Malgré sa nervosité, elle hésite à allumer une Gauloise en sa présence. Elle sait que parmi les nombreuses interdictions édictées par le FLN, au nom de l'islam, de la morale ou d'une forme d'ascétisme révolutionnaire, figure celle de fumer.

Elle le vouvoie. Elle lui témoigne un certain respect. Il est plus âgé qu'elle d'une petite dizaine d'années et la dépasse d'au moins une tête. Elle pressent qu'il occupe un grade élevé. Il explique qu'il a moins besoin d'une planque que d'un bureau, un lieu discret où écrire et entreposer ses papiers. Il promet de ne pas être envahissant. Il ne viendra qu'une ou deux fois par semaine, dans l'après-midi, si possible en son absence, durant ses heures de cours, par exemple. Elle fouille dans son sac, réprime un léger mouvement de recul. Elle hésite à partager avec un étranger ce qu'elle a de plus cher : son refuge, son petit nid, sa coquille. La chambre à soi tant attendue, un territoire où sa mère ne peut pas surgir à l'improviste, chiffon et balayette à la main. En lui tendant un double de sa clé, elle a l'impression de perdre sa liberté toute nouvelle. Pour la cause, elle ferait n'importe quoi.

C'est l'un des premiers Frères qu'elle côtoie. Elle est frappée par sa peau très sombre, sa voix lente, appliquée, au timbre légèrement guttural, et par ses manières, ses tournures d'intellectuel. Elle croit comprendre à certaines allusions qu'il a, lui aussi, suivi des études universitaires à Paris. Peut-être ont-ils traîné leurs guêtres sur les mêmes bancs, à des années de distance ? De grandes lunettes, un visage ovale, une petite moustache, il lui dit de l'appeler « Le Noir ». Nous l'avons déjà croisé, au Villars, le café derrière les Invalides, avec son sac de voyage. Elle se demande s'il est recherché, s'il a commis des crimes de sang, s'il a grandi en France ou en Algérie, mais évite de lui poser des questions. Elle applique un principe de la Résistance qu'elle a sans doute lu dans un roman de Roger Vailland : moins on en sait, mieux on se porte.

Elle ignore que deux « camarades » qu'elle n'a sans doute jamais rencontrés, des syndicalistes de Renault, viennent d'arpenter, à la demande des Algériens, les abords de son immeuble. Le premier faisait le guet à l'angle de la rue de l'Abbé-Groult et de la rue Blomet, tandis que le second inspectait la cour et les étages. Au bout d'un temps très long, deux ou trois heures, n'ayant rien remarqué de suspect, les deux guetteurs sont repartis. Avant de s'installer chez elle, son pensionnaire, quel que soit son alias, « Le Noir », « Marcel » ou « Armstrong », voulait s'assurer qu'elle n'était pas surveillée par la police.

Pourquoi elle ? Parce qu'elle est l'une des rares personnes de la bande à ne plus habiter chez ses parents et à vivre seule. À cause, aussi, de son sérieux, de son degré d'engagement. Elle s'investit davantage. Le simple fait qu'elle possède un pseudo prouve sa plus grande implication. Un attribut réservé à ceux qui se situent plus haut ou, devrais-je dire, plus loin, formulation qui semble mieux convenir à un groupe sans véritable hiérarchie, à la structure horizontale et non verticale, selon le modèle d'un rhizome.

Les femmes jouent un rôle important au sein du réseau car elles éveillent moins le soupçon que leurs alter ego masculins. Dans la société française de l'après-guerre, on n'imagine pas qu'elles puissent avoir des idées politiques propres, et encore moins subversives. Dans la rue, elles passent plus facilement inaperçues. Les policiers ne songent pas à les contrôler et, quand ils le font, hésitent à les fouiller. Elles sont l'élément mobile du mouvement. Elles servent de messagères, de convoyeuses, d'agents de liaison, de chauffeurs. Sophie ne sait pas conduire. Dans son esprit, la voiture renvoie à un monde d'hommes, à son père qu'elle adule, à sa DS gris perle. Elle restera toute sa vie sa passagère. Quand elle est seule, elle emprunte les transports collectifs ou les taxis. Il lui arrive de livrer du courrier. Un jour, elle pousse jusqu'à Bruxelles. Par le train de 17 h 56. Le dernier. À l'arrivée, elle retrouve sous les lustres du Métropole une jeune femme à qui elle remet l'enveloppe. Elle dort dans la capitale belge et repart le lendemain matin avec la réponse.

Le FLN est une immense machine, un appareil extrêmement bureaucratique, tatillon, procédurier, volontiers verbeux, à l'image du système colonial dont il est issu. Ses cadres ne cessent de produire des circulaires, des bulletins, des notes, des rapports d'activité, des comptes de résultat, des procès-verbaux. La poste et le téléphone étant surveillés, cette montagne de paperasse doit être remise de la main à la main, via une armée de petits télégraphistes.

Son pensionnaire passe lui aussi beaucoup de temps à noircir des feuilles de papier. Il inonde les rédactions et les ambassades de messages. Il rédige aussi toutes sortes de communiqués, de tracts où il commente l'actualité et justifie les dernières actions du Front. « Aucune exécution n'est ordonnée sans que le coupable ait été jugé criminel », écrit-il après le meurtre d'un officier de police. Un autre jour, il s'élève contre le silence des médias français, alors qu'« au cœur même de Paris, de paisibles travailleurs algériens sont journellement abattus, d'autres sont assassinés, étranglés et jetés dans la Seine ». Son rôle consiste à fournir ce que l'on appellerait aujourd'hui des éléments de langage. Il est le délégué à la presse et à l'information de la Fédération de France. À force, il accumule dans le petit appartement de la rue de l'Abbé-Groult des piles de documents. Si les flics débarquent, il ne pourra pas faire disparaître ses archives comme on avale une boulette de papier.

> « *Il entendit une voix rauque
> comme un feulement animal qui disait :
> "Babylone, mère des prostituées
> et des abominations sur la terre".* »

Jean-Marie Kermarrec demeurait insaisissable. Il ne me rappelait pas, ne décrochait même plus, et quand, par des moyens détournés, je réussissais à le joindre, il se montrait carrément hostile. La simple évocation de son ancienne voisine suscitait chez lui une colère sourde qui, des années après, ne pouvait s'expliquer par une querelle de Clochemerle. Et il y avait cette plainte, comme il disait, dont j'ignorais le motif. Avait-elle saisi la justice pour les 110 décibels de sa guitare électrique ? À peine plus que la perceuse à percussion d'un bricoleur du dimanche ou que les aboiements de son chien. Faisait-elle partie de ces obsédés du bruit qui un beau jour ouvrent leur fenêtre et tirent dans le tas au 22 long rifle ?

Le détective lancé à ses trousses devait pouvoir me renseigner. Avait-il réussi à rencontrer le musicien breton ou s'était-il contenté de lui emboîter le pas ? Cette dernière opération facturée 60 euros de l'heure était nettement plus intéressante sur le plan financier, mais, à la longue, s'avérait fastidieuse. Les inlassables allers-retours au supermarché, l'arrêt chez le buraliste, le retrait d'argent au distributeur. Et chaque week-end, les concerts, dans des coins reculés de banlieue, déguisé en rocker, pour passer inaperçu, perfecto, bagouse à tête de mort et poignets de cuir. Collé à la sono, tel un groupie, des soirées entières au rythme de beats infernaux à vous déchirer les tympans. Et puis, le soulagement, à la fin de la mission, accompagné tout de même d'un petit pincement au cœur, comme si on perdait un ami. À force de suivre quelqu'un, on croit le connaître, on finit par s'attacher.

Son nom ne figurait pas dans les Pages jaunes. Les deux numéros de téléphone imprimés en bas du contrat n'étaient plus attribués. L'adresse 23, rue du Départ ne donnait pas davantage de résultat. Seul le site *Copains d'avant* mentionnait l'existence d'un Claude Beauregard. Marié, un enfant. Une photographie le montrait aux côtés de son épouse et de leur fille en bas âge. Des cheveux châtain clair, de bonnes joues d'une roseur lactée qui lui donnait un air poupin, il affichait un grand sourire. Son profil succinct comportait peu d'informations personnelles. Goût et passions ? Néant. Pas de voyage, ni passé, ni à venir. Seule sa profession était précisée : détective. Le bref commentaire qu'il avait laissé me parut de bon augure : « Tout roule pour moi et j'espère pour vous aussi. À bientôt. Contactez-moi, ça me ferait plaisir !!! »

Je reconnus assez vite son visage débonnaire sur la page d'accueil d'une entreprise leader de l'impression minute. Choisi sans doute pour son parcours atypique et son aisance devant la caméra, Claude Beauregard apparaissait dans une vidéo destinée à renforcer l'esprit corporate et à attirer de nouveaux talents : « Print-Express, disait l'employé modèle, c'est trois mots : dynamisme, ambiance et innovation. »

À trente-cinq ans, il dirigeait une succursale du groupe quelque part dans Paris. « J'ai débuté dans la gendarmerie nationale. Ensuite, j'ai été détective, à mon compte. Et puis, enfin, je suis arrivé chez Print-Express. » D'un ton toujours jovial, il décrivait ce qu'il appelait sa « mission », comme du temps où il surveillait ses semblables. Photocopies, brochages, reliures, accueil du client, encadrement de deux « commerciaux », commandes auprès de l'atelier. « Du fait de mes antécédents professionnels, concluait-il, j'ai pu acquérir une rigueur importante qui me permet aujourd'hui tant dans la partie management qu'à la gestion de l'agence, d'être complètement autonome. »

On m'informa qu'il avait changé de lieu de travail depuis son clip publicitaire. « Il est à Le Peletier, maintenant. » Au timbre de la voix, il s'agissait d'une promotion. Je composai le nouveau numéro et demandai à lui parler.

« Vous tombez bien, c'est moi. » Même entrain que sur Internet. Lorsque je lui expliquai le but de mon appel, son enthousiasme se volatilisa. Dans un premier temps, il fit mine de ne pas se souvenir.

« C'est vieux, tout ça.
— Vous avez peut-être le nom de cette cliente dans vos archives ? Un détective conserve ses dossiers.
— Ça fait huit ans que j'ai arrêté le métier ! Vous imaginez bien que je n'ai pas tout gardé. »

Il promit de faire des recherches, une fois rentré chez lui.

Nouvel essai, trois jours plus tard. « J'ai rien trouvé. » Sa réponse manquait de fermeté. Il hésitait à raccrocher, mais restait sur son quant-à-soi. Je percevais chez lui un flottement, une pointe de regret, comme une nostalgie secrète, une envie aussi d'en savoir plus. J'avais réveillé sa curiosité, de vieux réflexes assoupis. Je lui proposai de lui rendre visite. Il accepta aussitôt.

Son agence se trouvait rue La Fayette. Il m'attendait derrière son comptoir au design métallique standardisé, avec son manteau déjà sur le dos, impatient de sortir. Il conservait dans le regard quelque chose de son ancien métier, une fixité troublante par son absence d'objet, comme s'il observait tout et rien à la fois. Il annonça à son collègue qu'il revenait dans quelques minutes et m'emmena dans un café au carrefour où il avait, de toute évidence, ses habitudes. Ton familier, échange de bises et de petits noms au-dessus du zinc. Malgré la clientèle éparse, il demanda à s'asseoir à l'écart, dans la salle du fond déjà dressée pour le repas du soir. La serveuse débarrassa pour nous une table de ses couverts.

Il portait une cravate grise sur une chemise noire, des couleurs assorties au mobilier argenté de Print-Express, une tenue sans doute recommandée par son employeur. Je lui montrai un portrait de ma mère, une photo prise en Normandie, datant plus ou moins de l'époque où il avait eu affaire à elle, traits tirés, poches sous les yeux, regard tendu. « C'est vieux tout ça », répéta-t-il sans même regarder. Je lui demandai si, à l'issue de son enquête, il lui avait remis un rapport. Il parut heurté par ma question, comme si je mettais en doute sa probité professionnelle : « C'est la procédure. Quand on touche l'autre moitié de la somme prévue, on transmet ses conclusions. » Il craignait peut-être que je ne l'accuse d'abus de faiblesse, d'avoir profité d'une femme âgée et crédule pour lui soutirer quelques milliers d'euros.

« J'ai des scrupules à vous parler », finit-il par lâcher. Il invoquait le « secret professionnel », des règles de confidentialité qui lient l'agent privé à son client. Je pressentais qu'une autre raison le retenait.

Alors je l'interrogeai sur sa vie passée : gendarme à dix-sept ans, affecté au transfert des détenus. « Fresnes, la Santé, les Baumettes... Je connais toutes les prisons françaises ! » Quatre ans plus tard, il fait ses adieux à la maréchaussée et devient détective, avec des images de films plein la tête. La réalité s'avère moins pittoresque. Il ne s'occupe pas de meurtres non élucidés, ni d'affaires de mœurs. Les crimes, les adultères, les divorces, les recherches d'héritiers, il laisse ça aux autres. Son principal débouché, c'est le monde économique. Les fraudes à l'assurance, le vol, la contrefaçon, les escroqueries, le travail clandestin, la concurrence déloyale. Un boulot éreintant. « Je travaillais dix-huit heures par jour, sept jours sur sept. » Il domicilie son agence dans trois lieux différents, au pied de la tour Montparnasse, à Levallois, et à une dernière adresse que je n'ai pas retenue. « Il faut être près des clients, sinon, ils ne vous contactent pas. »

Comme les autres, ma mère a dû le choisir pour la proximité de ses bureaux qui ne devaient être qu'une simple boîte aux lettres. Mais pourquoi avait-il accepté de l'aider ? Elle ne correspondait nullement à son cœur de cible. Pas de brevet à défendre ou d'employés indélicats à démasquer. Il devait y avoir une erreur. Je lui tendis une seconde fois le cliché : « Maintenant, je me souviens d'elle », me dit-il, ses yeux figés dans le vague. Nouveau silence. « Elle n'aurait sans doute pas voulu parler de tout ça. » Et soudain, il y eut un déclic.

« Elle se plaignait du bruit de ses voisins. Je lui ai dit que le tapage nocturne relevait de la police.
– Vous vouliez qu'elle porte plainte ?
– Pas à ce stade. Sa plainte n'aurait pas été enregistrée. Je lui ai conseillé dans un premier

temps de déposer une main courante. Mais ce n'était qu'un aspect de la mission. Au départ, l'objet de la demande était plus basé sur Taylor. »

Ce nom-là, il ne l'avait pas oublié. À cause, certainement, des dessins animés de Barbapapa, héros des eighties, ses années d'enfance. Était-ce à cause du géant rose qu'il avait pris l'affaire ?

« Elle ne m'avait pas dit qu'elle avait habité au même endroit que ce monsieur. Elle voulait que je le retrouve au prétexte d'une amourette. Comme s'il était un peu plus qu'un ami. Je n'ai eu aucun mal à le localiser. Il était resté dans le même quartier. Mais quand j'ai communiqué à votre mère son adresse, c'est parti dans tous les sens.

— Que voulez-vous dire par là ?

— Elle m'a expliqué que Talus Taylor avait commandité son voisin pour l'enquiquiner et la surveiller. J'ai pu constater qu'il n'y avait aucun lien entre les deux hommes. Mais elle ne voulait pas l'entendre, c'était… »

Il ne trouvait plus ses mots.

« Obsessionnel ?

— C'est ça ! Au démarrage, elle m'avait semblé saine d'esprit. Son histoire était cohérente. Mais là, c'était de l'ordre de l'obsession. »

Il me raconta alors sa longue veillée d'armes dans l'appartement de la rue Philibert-Lucot. Claude Beauregard est un détective consciencieux. Il veut en avoir le cœur net. Il propose à sa cliente de passer toute une soirée chez elle afin d'être témoin du harcèlement dont elle se dit la victime. « Je voyais cette dame en détresse. J'avais envie de l'aider, de la rassurer. » Le voilà assis dans son salon aux fenêtres calfeutrées, à l'atmosphère irrespirable, au plafond recouvert de toiles d'araignée, encombré de meubles d'époques et de cultures différentes, où une table Louis-Philippe côtoie une armoire chinoise et un canapé Art nouveau – ma mère adorait chiner chez les brocanteurs. Trois heures à tendre l'oreille, à guetter le moindre son suspect, le moindre mouvement dans la cage d'escalier. « En fait, il ne s'est rien passé du tout. Pas un bruit . »

Pendant qu'il est là à poireauter dans une pénombre d'église, elle lui parle de ses démarches infructueuses auprès du commissariat du 13e. Il n'y a pas que les nuisances sonores dont elle souffre. Elle prétend que son logement a été également visité. Elle le voit bien à des petits détails, à une serviette qui a disparu, à la porte d'un placard laissée entrouverte. En l'absence de vol manifeste et de signe d'effraction, les policiers ne la croient pas. Ils refusent de se déplacer et ne prennent même plus ses dépositions. Elle en est sûre. Ils sont de collusion avec ses persécuteurs. « Là, j'ai pris peur, s'écrie Claude Beauregard. Je me suis dit : faut en rester là. » Il se lève, reprend son pardessus, bafouille des excuses. « Elle a réagi assez violemment. C'est là qu'elle m'a dit : "Vous aussi, vous êtes de mèche avec eux !" »

Au souvenir de cet accès de fureur, l'émotion le gagne. « Je ne m'étais jamais retrouvé dans une situation pareille, pas même quand j'étais gendarme, et pourtant, j'en ai vu. Elle a continué à me téléphoner durant des mois. À la fin, je ne répondais plus. » Il sourit : « Elle était maligne, votre maman. Elle m'appelait sous un numéro masqué. »

Afin de rendre agréable mon attente, le standard du commissariat central du 13ᵉ diffusait un air martial interprété par la fanfare des gardiens de la paix. Après avoir entendu l'intégralité de la marche du bicentenaire de la préfecture de police, je finis par obtenir un officier. Je voulais consulter le registre des mains courantes. Je lui indiquai les années qui m'intéressaient. Il prit un ton navré : un incendie récent, à l'origine mystérieuse, avait ravagé leurs locaux, et détruit une partie des archives. Tous les faits signalés par ma mère avaient été réduits en cendres. Si elle l'avait su, elle y aurait vu la preuve ultime de la complicité des forces de l'ordre à la vaste conspiration ourdie contre elle par ses différents voisins à travers les âges.

Inutile d'envoyer des camarades rôder autour du 59, rue de l'Abbé-Groult. À cette étape de l'histoire, ce n'est pas la planque qui présente un danger, mais le planqué. À son insu, « Le Noir », ou plutôt Madjoub Benzarfa, fait courir depuis des mois un risque à tous ceux qui l'approchent. Il est brûlé. La police l'a démasqué. Selon une procédure standard, elle le laisse en liberté et se sert de lui comme d'un poisson pilote. Jour après jour, il entraîne dans son sillage deux ou trois agents, échelonnés tous les cinquante mètres, de part et d'autre du trottoir. Un cortège de l'ombre revêtu des déguisements les plus divers. Partout où il va, les métiers de la rue l'accompagnent. Le plombier à la sacoche en bandoulière, le rémouleur poussant devant lui son affiloir à roulettes, le mendiant avec sa sébile, le vendeur à la criée, l'ouvrier en bleu de travail, le balayeur, le chiffonnier, le livreur, le préposé des postes. Un véritable défilé du 1er mai.

À Colombes, ils espionnent son domicile, un appartement discret qu'il loue au 208, rue d'Estienne-d'Orves, sous le nom de Gabriel

Durant, ainsi que son lieu de travail, une école communale de garçons, rue Lazare-Carnot, où il enseigne depuis son arrivée en France. Ils le suivent lorsqu'il se rend à Paris, généralement, au volant de sa voiture, une Simca Aronde bleu pastel. Durant ses rendez-vous au Villars, peut-être sont-ils là, assis en terrasse, côte à côte, vêtus du même pardessus droit, tels Dupont et Dupond. Chaque fois qu'il rencontre quelqu'un, celui-ci est pris à son tour en filature.

Les bons fileurs sont des physionomistes, rompus à l'art du portrait, formés aux méthodes pseudo-scientifiques de Bertillon, capables de mémoriser les moindres détails, la couleur des cheveux, la corpulence, l'arête du nez, l'écartement des oreilles, la forme du crâne. Ils repèrent le petit signe distinctif qui vous trahit, le grain de beauté au-dessus de la lèvre, la cicatrice au milieu de la joue, le tatouage sur l'avant-bras, le goût des pochettes bariolées. D'un simple regard, ils évaluent l'âge, le poids, la taille. C'est comme s'ils avaient un compas dans les yeux. Ils font en revanche de piètres écrivains. Leurs rapports quasi quotidiens sont arides, répétitifs. Ils recensent chaque fait et geste du « surveillé », ses déplacements, et surtout ses contacts, des inconnus affublés de pseudonymes tirés du lieu où ils ont été aperçus la première fois. Une femme est appelée « Pivoine », tout simplement parce qu'elle habite la rue du même nom, à Antony. Un homme vu rue Saint-Martin devient « Martin ». D'autres héritent de surnoms liés à leur apparence physique, « le blond », « la boulotte », « la rouquine », ou à leur habitus, à un quelconque signe d'appartenance sociale, « la bourgeoise », « gabardine », « le dandy ». Tous disposent d'un nom de code composé invariablement de sept lettres, Kilipan, Kilifac, Hibifab, Kilipar, Kutiban, Hibitaf, Hatican, qui dénote un début d'informatisation, sans doute un traitement à base de cartes perforées.

Pareil au porteur sain d'un micro-organisme, le dirigeant algérien contamine sans le savoir tous ceux qui croisent son chemin. Ou presque. La DST ne dispose pas d'effectifs suffisants pour placer l'ensemble de son carnet d'adresses sous surveillance. Elle abandonne les pistes qu'elle juge secondaires, le menu fretin, le vendeur de *Vérité pour*, par exemple, afin de se concentrer sur un seul objectif : grâce à son appât, elle entend reconstituer l'organigramme de la Fédération de France du FLN et remonter jusqu'à son chef.

Pourquoi Madjoub Benzarfa ne se montre-t-il pas plus méfiant ? Il se comporte comme s'il n'avait pas lu sa propre littérature, son manuel qui invite les militants à faire preuve d'une suspicion quasi maladive. Son attitude paraît d'autant plus incompréhensible qu'il a reçu de multiples avertissements. Il sait qu'il est dans le viseur des autorités françaises, et cela depuis bien longtemps. Une famille nationaliste, à Perrégaux, dans la province d'Oran, une jeunesse militante au sein du Parti communiste algérien, un dossier déjà lourd qui entraîne son expulsion d'Algérie.

Sans même parler de ses visites fréquentes de l'autre côté du rideau de fer – en Roumanie, en Tchécoslovaquie, puis à Moscou, pour le sixième Festival mondial de la jeunesse – qui lui valent l'attention du SDECE, le contre-espionnage français. Pendant un temps, on le soupçonne d'être le représentant en métropole du PC algérien, jusqu'à la dissolution de celui-ci et le ralliement de ses membres au Front de libération nationale.

Il se fait de nouveau repérer en juillet 1960. Des inspecteurs de la Direction de la surveillance du territoire l'interpellent à la gare du Nord au moment où il achète un billet pour Düsseldorf. Interrogé sur les motifs de son voyage, il répond qu'il va retrouver sa maîtresse. Il est relâché à temps pour attraper son train, mais subit encore un contrôle en Allemagne. Six mois plus tard, rebelote, cette fois à Bruxelles. La ville abrite à l'époque des agents de toutes sortes, des barbouzes, des clandestins. Une plaque tournante qui invite à la prudence. Madjoub Benzarfa descend du wagon à la gare centrale en compagnie de trois responsables algériens. Le petit groupe se dirige vers la sortie. Coups de freins, crissements de roues, claquement de portières, pas de course. Des policiers belges les entourent, les poussent dans leurs voitures. Arrivés au commissariat central, ils les bombardent de questions, puis les laissent repartir, malgré leur collaboration étroite avec leurs homologues français. Ou à cause de celle-ci.

Après toutes ces alertes, Madjoub Benzarfa aurait pu se mettre au vert, se faire oublier quelque temps. Mais non. De retour à Paris, il reprend ses activités. Il publie un mensuel, distribue une palanquée de bulletins, rédige les communiqués officiels et les instructions générales à usage interne, écrit aux journaux et aux ambassades, produit de longues analyses sur le moral des Algériens ou l'état de l'opinion française. De par sa mission, il évolue dans un dangereux clair-obscur, à mi-chemin entre la vie clandestine et l'action publique. Il fait figure de survivant. Tous ceux qui assuraient la propagande du mouvement ont été arrêtés au bout de quelques mois. Pas lui.

Un après-midi d'été, il gare sa Simca Aronde boulevard Saint-Michel et pénètre dans le café du Luxembourg. Dans la salle, il se dirige droit vers une table occupée par trois hommes. Il semble ignorer les deux premiers et écoute avec attention le troisième au teint très basané qui fait penser à un personnage des *Tontons flingueurs*, avec son corps trapu, sa prognathie mandibulaire, son visage rond, sa coupe en brosse, ses bajoues pendantes et ses lunettes de soleil cerclées de métal. Les policiers qui, de loin, les observent ne disposent pas de micro directionnel, mais peuvent à loisir les photographier et étudier leur comportement, leur langage gestuel, le respect que Madjoub Benzarfa témoigne à son voisin, mesurable à la longueur de ses silences, au nombre de ses hochements de tête, à la raideur du reste de son corps, ou encore à l'écart entre leurs chaises, au placement de leurs épaules, tombantes chez l'un, droites chez l'autre.

Ils voient bien que le maître d'école manifeste tous les signes qu'un subalterne doit à son supérieur. Quand, au bout d'une heure et demie, la tablée se disperse, ils décident de prendre en chasse son interlocuteur, celui qu'ils vont aussitôt surnommer « Bouledogue », mais perdent sa trace sous les marronniers du Luxembourg, autour de la fontaine de Médicis. Ils sont convaincus de toucher enfin au but : le mystérieux personnage avec qui Benzarfa vient de s'entretenir ne peut être que le patron du FLN en France. « La déférence qu'il lui montre, les instructions qu'apparemment il reçoit permettent de penser que cet individu est son chef et par conséquent le responsable fédéral que nous recherchons », écrit dans son rapport le commissaire de la DST qui dirige l'opération. À partir de cet instant, ses agents ont ordre de retrouver l'homme aux lunettes noires et de ne plus le lâcher d'une semelle.

> *« La changeante diversité des occupants d'en face
> l'ennuyait. C'était une mise à l'épreuve,
> un défi perpétuel. Pour ne pas se laisser déconcentrer,
> il lui fallait s'imposer des disciplines. »*

Tout cela, je le savais déjà. C'était relégué dans un coin de ma tête, comme on met de côté une lettre dont on redoute le contenu. Je l'avais constamment à l'esprit sans jamais le formuler. Je recourais à d'innombrables stratagèmes pour éviter de le mettre en mots. J'attribuais ses délires à sa solitude, à son désœuvrement, à son chômage de longue durée, à sa désocialisation, selon la formule de l'époque. Je feignais de prendre pour des enfantillages les épingles qu'elle plantait dans ses statuettes grossières en pâte à modeler, censées représenter son diable de voisin ou l'un de ses complices présumés. Ses figurines dérisoires formaient une sorte d'autel vaudou au pied de son lit, quand elle habitait encore le 14ᵉ. Je me moquais avec ma sœur de sa sorcellerie de bazar, de ses histoires à dormir debout, de sa curieuse habitude de vivre dans le noir, de sa déco intérieure digne de Belphégor.

On se réfugiait, l'un et l'autre, dans l'humour. Je la comparais à une petite dame excentrique, genre *Arsenic et vieilles dentelles*. Je racontais autour de moi, sur le ton de la blague, les mauvais tours qu'elle jouait à Barbagrandpapa. La pomme de terre coincée dans le pot d'échappement de sa Jeep, les coups de pied contre les enjoliveurs de sa Custom, les référés en justice. Des trucs inoffensifs. Rien de bien méchant. Je m'inquiétais davantage quand elle prétendait avoir empoisonné son énorme chien, Angelo, un dogue allemand noir et blanc qui avait remplacé Lolita. Mais je n'y croyais qu'à moitié. L'animal serait mort de vieillesse. C'est ce qui se disait dans l'impasse. Allez savoir ?

Je ne voulais pas donner du poids à ses extravagances. Je refusais de lui accoler une étiquette, de l'enfermer dans une case, une catégorie définie par le dernier manuel de maladie mentale avec le psychotrope qui va avec. Je savais – ou je devinais – qu'il était inutile de la raisonner. Sa conviction était trop forte. Impossible d'ébranler un système qu'elle avait mis tant d'années à bâtir et sans lequel elle se serait vraisemblablement effondrée. Une logique sans faille qu'elle réussissait même à partager quelque temps avec d'autres. Invoquer la folie, lui suggérer d'aller voir un médecin, c'était risquer d'être renvoyé dans le camp adverse, d'être confondu avec ses persécuteurs.

Alors, j'essayais de la détendre, de la faire rigoler. Lorsqu'elle me bassinait avec ses complots de pacotille, qui mêlaient riverains, policiers, barbouzes et nazillons, les vols commis comme par magie, durant son sommeil, les serviettes de bain et autres babioles disparues mystérieusement, ou son téléphone mis sur écoute, j'abondais dans son sens, j'en rajoutais, je dénonçais l'œuvre des Illuminati, je lui conseillais de piéger sa porte d'entrée, je la mettais en garde contre la fluoration de l'eau, jusqu'au moment où elle comprenait que je me foutais de sa gueule et se forçait à sourire.

Fatalement, elle m'en voulait un peu de plaisanter de choses aussi graves, de m'en sortir par des pirouettes, de ne pas la soutenir dans son grand combat, de refuser d'y prendre ma part, moi, son fils aîné. Coupable de désertion face à l'ennemi et d'atteinte au moral des troupes. Elle y voyait, non sans raison, un mécanisme de défense, un réflexe de peur, l'immanquable égoïsme de l'enfant que j'étais resté à ses yeux. Avec le temps, elle m'en parlait de moins en moins. Elle devait me considérer comme perdu pour la cause ou alors elle cherchait à me préserver, à ne pas attirer sur moi quelque chose qu'elle jugeait dangereux. Elle avait aussi sa fierté. Elle n'aimait pas peser sur les siens. C'était quelqu'un qui n'exprimait pas ses sentiments.

Je vivais alors à l'étranger, loin de son champ de bataille, du moins je le croyais. Chaque fois que je changeais de pays, elle me rendait visite.

Elle assouvissait ainsi sa passion des voyages. Elle était heureuse de monter dans un avion, de rencontrer des gens nouveaux, de changer d'air. À Jérusalem, elle voulait sympathiser avec tout le monde, une gageure dans une ville divisée en deux, voire en trois ou en quatre, si l'on tient compte du clivage entre religieux et laïcs. J'avais beau lui expliquer les subtilités géopolitiques locales, elle s'évertuait à dire « Shalom » dans la partie arabe de la ville et « Salam » dans la partie juive, sans que personne s'en offusque.

Et puis, un jour, elle débarqua dans mon bureau et se coucha par terre, en position fœtale, adossée au mur de pierre, la tête baissée, les jambes repliées contre sa poitrine. Elle demeura là prostrée toute la matinée, pendant que je pianotais sur mon ordinateur. La crise passée, elle me parla des grincements stridents, des cris, des onomatopées qui la poursuivaient partout où elle allait, des whaa, des psitt qui sifflaient autour d'elle comme des balles perdues. À plus de quatre mille kilomètres de chez elle, elle ne pouvait pas accuser ses habituels tourmenteurs. Cette fois, elle soupçonnait mon voisin, encore un, Dany, un ex-camé, fou de jardinage, qui, la nuit, déterrait mes fleurs pour les replanter chez lui. Un être foncièrement doux et gentil, malgré ses menus larcins, son pitbull, ses piercings et son crâne rasé.

Ma mère entendait des voix. Des sons discrets, mais continus. Ils accompagnaient chacun de ses mouvements un peu bruyants, chaque parole qu'elle prononçait. Elle les consignait soigneusement dans ses calepins au moyen d'une abréviation plus ou moins codée que je mis un certain temps à comprendre. Entre deux rendez-vous ou paiements divers, se glissaient, ici et là, d'étranges « Wh » qui rappelaient le W de Georges Perec, cette île imaginaire de la Terre de Feu régie par un ordre concentrationnaire. À chacun son cauchemar. Dans son cas, il s'agissait de *Whistle*. Des sifflements. Il y en avait partout, semblables aux grelots d'un troupeau. Elle les craignait au point de ne pas oser les mentionner en toutes lettres.

Elle retranscrivait chaque note qu'elle entendait, une gamme entière de wh, du plus aigu au plus grave, ainsi que l'allure, le tempo, comme sur une partition de musique. Un jour, c'était un allegro, un autre, un andante ou un adagio. « Remontée avec courrier – wh chanté et heureux, côté rue », observe-t-elle. La page d'après, les « wh » deviennent plus « lointains et espacés ». Un matin, elle se félicite : « Vu le mec. Depuis no more wh. Paix et joie. » Le répit est de courte durée. « Les wh ont repris à 17 h 50, re-wh vers 19 heures, idem le soir. Un vrai concert. » Quelques semaines plus tard, elle écrit : « Dès que j'allume dans la salle de bains et donne quelques signaux, quelqu'un descend l'escalier et émet un petit wh triomphant. »

Pas besoin d'un détective. Tout était là, dans ses journaux en forme d'inventaire, dispersé comme les pièces d'un puzzle, les wh, les cigies, les pilules. Sa musique intérieure, sa vie cloîtrée.

Son désir d'un ordre total. De maîtriser son environnement immédiat. De le fortifier, de le cadenasser. De boucher chaque ouverture, comme si elle fermait ses paupières. Son champ visuel se dilate à mesure qu'il se réduit. Son regard change d'échelle. De nouveaux horizons apparaissent. Des images floues se précisent, d'autres s'évanouissent. L'espace autour d'elle devient infini. Le temps également. Jamais il ne lui a paru si long. Elle croit le remplir en tenant le décompte des heures, des minutes, elle ne fait que l'étirer un peu plus. Son esprit tourne en rond, comme s'il se déplaçait sur une sphère. Plus rien ne l'arrête. Il s'affranchit du réel et ne perçoit plus que l'écho de ses propres fictions.

Emmurée, elle développe son ouïe, à l'instar d'une captive ou d'une aveugle. L'oreille prend le relais des yeux. Les sons lui parviennent amplifiés avec une netteté quasi cristalline : sa voisine de palier qui apprend son texte pour sa troupe de théâtre amateur, le babillage d'un poste de télévision, un ballon qui rebondit contre la façade, le claquement de talons sur le parquet en point de Hongrie, le ronronnement d'une machine à laver, l'accélération du tambour au moment de l'essorage, les portes qui grincent, le goutte-à-goutte d'un robinet mal fermé. Et, à l'étage en dessous, les grattements de cordes des frères Joe et Eddie, la syncope des basses, les accords de *sol* et de *mi mineur*, les effets de fuzz éculés, les mêmes riffs jusqu'à l'écœurement, et le poum-tchak, poum-tchak lancinant de la batterie.

Il y a aussi les bruits auxquels elle ne parvient pas à assigner une cause. Les pires, les plus terrifiants, ceux qui lui échappent, et à qui elle se dépêche de donner un sens. Car ils n'ont, bien sûr, rien de fortuit. Ils lui sont destinés, ils contiennent des messages, à elle de les déchiffrer. Après l'anglais, le suédois et quelques rudiments de russe, elle entreprend l'apprentissage d'une nouvelle langue qui se confond avec la rumeur du monde. « Coups dans ma porte qui me réveillent malgré les boules Quiès » ; « On tire la chasse d'eau : la permanence est assurée » ; « Un illustre inconnu m'appelle sur mon fixe » ; « Sonnerie de réveil à répétition trois fois entre 2 heures et 4 heures ». Le ronflement d'un moteur lui inspire le commentaire suivant, retrouvé sur un bout de papier : « Fourgonnette bleue 9731SG50 marque le retour des *assholes*. » Des enculés qui, sans doute, ont commis la faute de se garer sous sa fenêtre. Pardon, des *assholes*. En anglais, ça passe mieux.

Tout devient signe : le faux numéro, le geste anodin, le raclement de gorge. Il n'y a plus de hasard, plus de coïncidence, plus d'accident. Seulement une intrusion, une violence, une atteinte à son intégrité, un viol. Des trilles qui dévalent l'escalier, franchissent sa porte, courent sur sa couverture, frappent ses tympans, déchirent la membrane, traversent le cartilage, les os, les tissus nerveux et lui perforent le cerveau dans un crissement de métal, comme avec une perceuse électrique.

Elle en perd le sommeil. Elle dort par tranches de deux heures. Elle est devenue insomniaque, cette maladie incurable qui rend les nuits monstrueuses, en font des moments de lutte, des parenthèses guerrières, tel un bombardement dont on attend la fin. Elle passe au sonar l'ensemble de l'immeuble, rallume sa lampe, posée à même le sol, compte le nombre de cigarillos restant dans sa boîte, aspire sa première bouffée, et tend à nouveau l'oreille. Parfois, pour échapper aux ondes, elle s'enfuit. Elle quitte sa prison, son enfer acoustique, et part marcher dans les rues désertes. Exténuée, au petit matin blême, il lui arrive de prendre une chambre dans un hôtel.

Restait la possibilité qu'il y ait une part de vrai dans tout cela. Une cause physique, un trouble de l'audition, un acouphène, une otite scléreuse. Ou alors une intervention humaine, pas un grand complot, une simple cabale à l'échelle d'un immeuble. Et si des voisins avaient joué à lui faire peur ? Si les wh et les psitt existaient bel et bien ? « Même les paranoïaques ont des ennemis », répondait Golda Meir quand on lui reprochait sa méfiance tous azimuts et son intransigeance à l'égard de ses voisins. Je cherchais un guetteur, je me retrouvais avec un souffleur.

Les inspecteurs de la DST n'ont aucun mal à retrouver le supérieur de Madjoub Benzarfa. Il porte des lunettes de soleil quelles que soient les circonstances – ce qui dans la grisaille parisienne ne passe pas inaperçu –, observe des horaires de bureau, un 9 à 5 pointé, pause déjeuner comprise, et suit un planning quasi immuable. Il dort toujours sous le même toit, sort aux mêmes heures, rencontre les mêmes gens, dans les mêmes cafés, des endroits où, justement, des personnes comme lui ne doivent pas se montrer, et effectue le même trajet, à pied, le plus souvent. C'est un homme d'habitudes. Un trait commun à de nombreux apparatchiks, mais un gros défaut pour le chef d'une organisation qui se veut clandestine.

De taille moyenne, en surpoids malgré ses marches quotidiennes, toujours en costume-cravate, il se fait passer pour un paisible commerçant de la Goutte-d'Or, originaire de l'Oranais, qui importe des tapis orientaux et débute dans le métier. Afin de brouiller les pistes, il collectionne également les alias, Maurice, M.H., « Quatre Yeux », à cause de sa paire de vitres teintées perpétuellement posée sur le pif, ou encore « Mustapha le Noir », car il a, lui aussi, un épiderme chargé de mélanine. Les policiers ne mettent pas longtemps avant d'établir sa vraie identité : Mohamed Zouaoui, âgé de quarante et un ans, né à Sidi Bel Abbès, la ville de la Légion étrangère.

Il habite Saint-Germain-des-Prés, derrière le café de Flore, précisément au 8, impasse des Deux-Anges. À peine une voirie, plutôt un recoin, comparé par Boris Vian, dans son guide du quartier, à une « poche secrète qui fait l'angle d'une charmante pension de famille et se termine, comme toute impasse qui se respecte, en chose-de-sac ». Adresse qu'il partage avec un Américain excentrique, journaliste à ses heures, soupçonné par la police de trafic d'armes et de devises. À l'étage au-dessus, vit une philosophe, elle-même fichée et placée sur écoute, car elle milite dans le comité Audin, du nom de ce mathématicien communiste arrêté par les paras, en pleine bataille d'Alger, et depuis disparu corps et biens. Trois suspects pour un même immeuble. Il existe des lieux plus discrets.

Avec Mohamed Zouaoui, les jours se suivent et se ressemblent : le matin, entre 9 et 10 heures, une jeune Française lui rend visite. De grands yeux, des cheveux châtains ramassés en chignon, au-dessus de la tête. Sur sa fiche de filature elle hérite du surnom de « Poucette », à cause de sa petite taille. Au bout d'une quinzaine de minutes, elle ressort de chez lui avec une valise ou un porte-documents, enfourche son scooter et s'évanouit dans la ville. À l'occasion, c'est elle qui lui apporte un paquet et repart les mains vides. Autour de midi, il quitte son domicile, fait un saut à la banque ou au bureau de poste, rue des Saints-Pères, afin de passer quelques coups de fil, puis marche tranquillement vers la brasserie du Luxembourg. Là, il retrouve trois hommes, toujours les mêmes. Leurs conciliabules peuvent durer plusieurs heures. C'est lui qui règle l'addition, une preuve supplémentaire de l'ascendant qu'il exerce sur les autres convives. Plus rarement, la conversation se prolonge de l'autre côté des grilles du Luxembourg, dans les allées du jardin, loin des oreilles indiscrètes.

Au retour, il reprend la rue de Médicis en sens inverse et fait systématiquement halte au Tournon. Il apprécie ce bistrot, situé à deux pas du Sénat, pour son petit cercle d'habitués. Il se sent en confiance parmi sa clientèle internationale, des écrivains et musiciens noirs américains, tels James Baldwin, Chester Himes, Richard Wright ou Duke Ellington, avec qui il partage la même couleur de peau, ce qui n'est pas un détail dans un Paris livré à la chasse aux faciès, et un commun rejet du racisme et de la colonisation. Cette fois, pas de messes basses autour d'un café. Il est là pour se détendre ou, peut-être, donner le change. Il trouve toujours des partenaires pour jouer aux cartes. Sa journée de travail terminée, il tape la belote. Un peu comme Noël-Noël dans *Le Père tranquille*.

Seules entorses à son train-train habituel, il lui arrive de pousser jusqu'à une librairie minuscule, au bout de la rue Gay-Lussac, ou, tout simplement, de rentrer chez lui et de recevoir une femme blonde que ses suiveurs vont aussitôt baptiser « la bourgeoise » à cause de ses talons aiguilles, son manteau de fourrure et ses cheveux permanentés. En fin de soirée, il la raccompagne en taxi dans le 15e, près du métro Vaugirard.

Au premier étage d'un immeuble en pierre de taille de la rue des Saussaies, un mur se recouvre rapidement de courbes, de ronds, de flèches, illustrés çà et là par des photos prises au téléobjectif, parfois accompagnées d'un point d'interrogation ou entourées de rouge. Les agents de la « section algérienne » de la DST sont parvenus à reconstituer un immense diagramme, le résultat d'une quête de plusieurs semaines. Une constellation d'étoiles qui se divisent, se subdivisent à l'infini. Des traits noirs relient chaque personne rencontrée au hasard des filatures. Lorsque plusieurs lignes convergent vers un même point, les policiers savent qu'à l'intersection se trouve une tête de réseau. Au milieu de ce chaos géométrique trônent le nom de Mohamed Zouaoui et ceux de ses principaux lieutenants, ses trois contrôleurs de wilayas, son chef de la propagande et son responsable financier.

Le FLN présente une structure incroyablement hiérarchisée qui se décompose en de multiples strates, telle une pyramide à degrés. L'ensemble du territoire français est réparti en sept wilayas, des ensembles géographiques eux-mêmes scindés chacun en deux amalas, six zones, douze régions, trente-six secteurs, cent huit kasmas, trois cent vingt-quatre sections, neuf cent soixante-douze groupes et trois mille huit cent quatre-vingt-huit cellules. Avec, à chaque échelon, trois membres, un chef et deux subordonnés soumis à des règles de sécurité draconiennes, au silence et à la discipline.

Généralement, la traque se solde par un échec. À force de longues surveillances et d'aveux extorqués sous la torture, les inspecteurs de la DST assemblent patiemment les éléments d'un gigantesque puzzle. Mais toujours avec un temps de retard. De quelques mois, parfois de quelques semaines. Quand ils croient avoir percé l'organigramme, ils découvrent que tout a changé. Le découpage des différentes « wilayas », l'identité de ses responsables, les missions imparties à chacun. Ils affrontent un ennemi qui s'adapte sans cesse. Une créature polymorphe, insaisissable. Pour la première fois, ils ont un coup d'avance. Ils tiennent le « Fédéral ». À partir du sommet, ils peuvent recréer l'ensemble de l'édifice.

Ils ne connaissent pas seulement les principaux chefs du FLN en métropole, ils ont aussi identifié leurs agents de liaison, tout un réseau de militants français qui leur viennent en aide. Des jeunes femmes, en grande majorité, qui sillonnent la capitale, une sacoche à la main, la tête remplie d'adresses, des coursières toujours en mouvement et prêtes à aller beaucoup plus loin.

Ils veulent maintenant aller vite, très vite. Ils sont engagés dans une lutte à mort. Une guerre totale que le préfet de police Maurice Papon vient de résumer d'une formule lors des obsèques d'un policier victime d'un attentat : « Pour un coup donné, nous en porterons dix. »

*« Plus de séances d'essayage
ou de longs examens,
toute nue devant la glace. »*

La salle d'attente correspondait rigoureusement à l'idée qu'on s'en fait ou du moins à celle que j'en avais, acquise au bout de quelques années d'expérience. Une plante verte décharnée devant la fenêtre, de vieux magazines de voyage sur la table basse, des peintures murales aux motifs champêtres, vaguement provençaux, et une musique *lounge*, dite d'ambiance, en sourdine. Le cabinet ne dérogeait pas davantage à la règle, avec ses deux fauteuils en vis-à-vis, ses totems miniatures dressés au-dessus de la cheminée, son bureau légèrement en retrait et son inévitable divan tapissé de rouge. Finis les kilims de Smyrne et les coussins orientaux. Ces temps-ci, la mode chez les psys est au style neutre et épuré. Tout paraissait à sa place. Mais où était la mienne ?

En entrant dans la pièce, j'eus un moment d'hésitation. Devant mon trouble, le docteur

Sylvie M. me désigna le siège en cuir disposé dans le prolongement du sofa. Elle s'installa en face de moi et me fixa à travers ses lunettes ovales. Je jetai un coup d'œil furtif à ma montre. Elle n'avait qu'une demi-heure à m'accorder. Comme pour n'importe quel patient. Index posé sur la tempe, jambes croisées, elle attendait que je parle le premier.

Après tout, son job consiste à écouter et à se taire, éventuellement à rompre son lourd silence par un hum entendu, à ponctuer d'interminables logorrhées d'un léger raclement de gorge, d'une toux professionnelle, et à siffler la fin de la partie d'un murmure, d'un « Bon… » un peu las. Dans un pareil confessionnal, je fus tenté d'oublier la raison de ma venue et de dire tout ce qui me venait à l'esprit, y compris les trucs les plus embarrassants. Mais l'horloge tournait. Je sortis un carnet de mon sac, l'ouvris à la première page blanche et, d'un coup de pouce, appuyai sur le bouton-poussoir de mon stylo-bille : « Cela ne vous ennuie pas si je prends des notes ? »

Ma mère refusa pendant très longtemps de consulter quelqu'un. Quelles que soient les circonstances, elle n'aimait pas être suivie. Quand je lui vantais les vertus d'une thérapie, elle m'envoyait au diable. Plus persévérante que moi, Ariane proposait régulièrement de lui prendre un rendez-vous avec un spécialiste. Et puis, un jour, à notre grand étonnement, elle céda. Une lueur de lucidité ? Le besoin d'une écoute, quelle qu'elle soit ? La peur de commettre l'irréparable ?

Ce tournant devait correspondre plus ou moins à son expérience malheureuse avec l'agent privé Claude Beauregard. Éconduite par la police, lâchée par son détective, c'était comme si elle se résignait à une autre forme d'enquête.

Elle commença à voir le docteur M. au milieu des années 2000. Elle y allait à reculons et laissait passer parfois plusieurs mois entre deux séances. Vers la fin, une fois son cancer déclaré, cette psychiatre nous renseignait de temps en temps sur son état mental et nous donnait des conseils sur la façon de l'accompagner. Elle était l'une des rares personnes à l'avoir observée attentivement durant cette dernière période. Je l'avais appelée, à tout hasard. Elle s'était immédiatement souvenue de moi et de ma sœur. Au téléphone, elle semblait bien disposée. Elle comprenait ma démarche.

Même après la mort de sa patiente, elle restait tenue par le secret médical. La loi l'autorisait, cependant, à fournir aux descendants des éléments d'information sur un défunt, à condition de ne pas nuire à sa notoriété. Avant de me dire oui, elle avait consulté ses pairs. Elle acceptait de me parler, mais selon un dispositif conforme à sa pratique professionnelle. « Je vous prends en consultation, m'avait-elle dit. Vous poserez vos questions. Je verrai comment je peux y répondre. »

J'avais l'impression de la singer avec mon calepin et mon air emprunté. Pour me donner une contenance, je faillis émettre à mon tour de discrets toussotements. J'étais comme cet amnésique qui usurpe l'identité du directeur d'un asile de fous, dans le film d'Alfred Hitchcock, *La Maison du docteur Edwardes*. Je prétendais être l'enquêteur alors que c'était, sans doute, moi qui, à travers mes interrogations, me prêtais à un examen sans même m'en rendre compte. Je me sentais un imposteur. Je me retrouvais assis à la même place que ma mère, soumis au même protocole, afin de discuter de sa santé mentale, avec son propre médecin devenu le mien, le temps d'une visite. Je jouais à la fois à l'examinateur et à l'examiné, au médecin et au malade, au chat et à la souris. À force d'en changer, je ne savais plus quel rôle m'était imparti. Le docteur M. recevait-elle un fils, un écrivain ou un patient ?

« Je ne suis pas sûre de pouvoir vous être d'une grande aide, dit-elle. Je l'ai vue épisodiquement et seulement sur les derniers temps de sa vie. Elle présentait un tableau déjà ancien qu'elle traitait à sa façon. » Elle raconta la difficulté qu'elle avait eue à la faire sortir de son mutisme, à la mettre en confiance, à l'amadouer comme un animal sauvage. « Je ne pouvais pas la pousser dans ses retranchements. Si j'allais trop vite, elle risquait de ne plus venir. Elle était très persécutée. Alors on parlait beaucoup du chien. C'était le média qui permettait de dire des choses. »

Avec moi également, le docteur M. avançait à pas feutrés. Elle restait, le plus souvent, dans le vague. Chaque fois que je formulais une question, elle répliquait par une autre. « Et ça, elle vous le livrait ? » « Vous savez des choses, vous ? Parce que si vous me dites... » Elle n'achevait pas ses phrases et me laissait le soin d'imaginer la suite. Elle me jetait des mots, comme des bouées à la mer ou répétait autrement ce que je venais d'énoncer. Elle abondait dans mon sens et ponctuait mes propos d'un « c'est ça ! », comme si j'avais coché la bonne réponse sur un QCM. Parfois elle m'encourageait à poursuivre d'un énigmatique « han, han » qui, en y réfléchissant bien, pouvait s'apparenter à son « hum, hum » couvert par la Sécurité sociale. Je m'aperçus au bout d'un certain temps que je parlais beaucoup plus qu'elle.

Je jugeai le moment venu de faire comparaître l'ennemi juré. En entendant le nom du supervilain sans cesse ressuscité, du génie du mal digne d'un Joker, d'un Moriarty ou de l'infâme colonel Olrik, la psychiatre aurait pu s'écrier : « Damned, c'est bien lui ! » Au lieu de ça, elle partit d'un grand éclat de rire, le premier de la séance.

« Le fameux voisin ! Et vous l'avez rencontré ?
– Je l'ai connu petit. C'était un Américain de Paris.
– C'est ça.
– Une grande barbe, une casquette, un côté Plácido Domingo. Plutôt charmeur.
– C'est ça.
– Elle était convaincue qu'il trouvait des complices dans chacun des immeubles où elle emménageait.

– C'est ça ! Il était toujours là.
– Pourquoi lui ?
– Représentait-il une figure paternelle ? Un désir inconscient ? Quelque chose de très interdit ? Ce qu'elle a pu ressentir comme attirance ou regard de sa part lui était, en tout cas, insupportable. »

Le docteur M. semblait, plus ou moins, au courant pour la mort du chien Angelo, le sabotage de la Jeep ou les plaintes déposées au commissariat. « Elle aurait pu être hospitalisée par ce biais-là. Les policiers ont l'habitude. Ils nous appellent quand ils voient que la personne est… envahie. Mais ça n'a jamais été le cas. Elle s'arrêtait juste avant. » En revanche, elle poussa un « Oh ! » de surprise en apprenant l'histoire du détective. « Lorsque les gens en arrivent là, ça peut être très inquiétant. Il y a un risque de passage à l'acte. »

Ma mère souffrait d'hallucinations. « Elle entendait ses voisins, ou plutôt des bruits qui se transformaient en voix et lui disaient des tas de choses pas du tout agréables. » Son médecin lui prescrivait un traitement, « à petites doses », précisa-t-elle. Des antipsychotiques, des antidépresseurs qui l'apaisaient, mais perturbaient son sommeil. « Elle était réveillée quand les autres dormaient. Cela lui permettait de surveiller son voisinage et de sortir à des moments où il n'y avait personne. Son délire ne phagocytait pas l'entièreté de son fonctionnement psychique. Même si elle était dans le déni, elle savait qu'il y avait quelque chose qui n'allait pas. Mais si elle avait été soignée plus tôt, elle aurait été moins isolée. Ça l'a quand même coupée de tout le monde. Et d'abord de vous. »

Elle m'interrogea sur son enfance, sa famille. « Je n'ai pas trop d'éléments sur tout ça », concéda-t-elle, comme avec regret. Je lui parlai de son admiration pour son père, de ses conflits incessants avec sa mère. Le docteur M. opinait du chef. Je ne lui apprenais rien. Je revins aussi brièvement sur sa jeunesse, son engagement militant, sa vie clandestine. Son regard s'illumina :

« Ah ça, c'est quelque chose que nous avions commencé à travailler. »

Je fus stupéfait d'apprendre que ma mère, au cours de ses séances avec le docteur M., se replongeait dans ce passé qu'elle n'évoquait jamais, y compris avec ses proches. La psychiatre s'intéressait beaucoup à toute cette histoire, « pour des raisons personnelles », dit-elle, sans s'étendre davantage. Avait-elle milité, elle aussi, contre la guerre en Algérie ? Elle me paraissait bien jeune pour avoir fait du soutien. Elle n'ignorait rien des débats au sein de la Fédération de France du FLN. Même le nom de l'un de ses derniers chefs, Mohamed Zouaoui, lui était visiblement familier.

« Savez-vous comment elle était entrée dans le réseau ? » me demanda-t-elle.

Si elle poussait sa patiente sur cette voie, ce n'était pas seulement pour satisfaire sa curiosité. Elle savait qu'elle touchait là un point essentiel. « Votre mère faisait elle-même le rapport entre cette partie de sa vie et ce qui se passait dans sa tête. » À l'entendre, son délire de la persécution partait, comme bien souvent, d'une culpabilité. De la recherche d'un fautif. D'un reproche trop lourd à porter. D'une action commise au cours de cette période et qui, des décennies plus tard, continuait de la hanter. « Quelque chose qu'elle aurait fait, trop fait ou omis de faire. »

Encore une fois, le docteur M. n'avait pas pu résoudre l'énigme. « C'était délicat de tout bousculer. Contre ses angoisses, votre mère avait développé un système de protection très ancien. Elle ne se livrait pas. »

Un bruit de sonnette dans le couloir signala l'arrivée du patient suivant. « Je suis désolée, on va devoir s'arrêter. Je vous avais dit trente minutes, pas plus. »

Elle quitta sa pose de marbre, se leva de son fauteuil et prit place derrière son bureau. « C'est 43,70 euros. Vous avez une carte Vitale ? Quel est le nom de votre médecin traitant ? » Je repartis de mon entretien avec un carnet rempli de notes et une feuille de soins.

Un gars plus âgé les a rejoints qui se distingue par le laisser-aller de sa personne et la rigueur de ses idées. Il se prétend journaliste, mais ses moyens d'existence demeurent obscurs. Il vit dans un gourbi au rez-de-chaussée d'un immeuble de la rue Saint-Yves, en face du Réservoir. Il déteste la terre entière, à part sa copine, qui est presque aussi cradingue et intransigeante que lui. Il se proclame anarchiste et veut tout faire péter. On dirait aujourd'hui qu'il est le plus radicalisé de la bande. Il conjure ses compagnons d'aller au bout de leur logique et de passer à l'action directe. Il leur répète que « la guerre révolutionnaire ne se fait pas avec des gants blancs ». Lui, en tout cas, ne craint pas d'avoir les mains sales.

Ça tombe bien, le FLN veut leur confier une mission différente de toutes celles qu'ils ont accomplies jusqu'à présent. Une mission qui ferait d'eux non plus d'éternels assistants, des soigneurs condamnés au banc de touche, mais des joueurs à part entière qui courent après le ballon et permettent à leurs coéquipiers de marquer des buts. Un dirigeant algérien, sans doute l'homme qu'ils appellent « Le Noir », le même qui les inonde de paperasses, leur demande de suivre un officier de police. De l'attendre à la sortie de son travail, de lui emboîter le pas jusqu'à chez lui, et, les jours suivants, de rester pendu à ses basques afin de consigner le moindre de ses mouvements et d'établir ses itinéraires habituels.

Chacun comprend parfaitement ce que cela signifie. La Fédération de France vient de mettre fin à la trêve qu'elle observait. En représailles aux assassinats quotidiens de ses compatriotes, elle a repris ses attaques à Paris et en province contre les policiers et les harkis, les « tortionnaires et les traîtres », comme elle dit dans ses communiqués. Des membres de l'appareil répressif, parfois pris au hasard, le plus souvent tués en raison de leurs comportements passés ou présents. Ses dernières victimes ? Un brigadier à Aubervilliers, un autre à Paris, un officier de police auxiliaire, rue du Colonel-Monteil, un harki, boulevard Saint-Martin, un indic, rue des Suisses, un gardien de la paix à Boulogne-Billancourt, le commissaire d'une localité du Nord... Les opérations nécessitent un travail préparatoire, une phase de repérage. Les fileurs précèdent les tueurs.

Cette fois, il s'agit d'un inspecteur. D'un type qui a fait « de sales choses là-bas en Algérie ». Quoi ? Ils ne savent pas précisément. Tortures, rackets, intimidations, meurtres ? Au terme d'un semblant de procès, un tribunal du FLN l'a condamné à mort, il y a de cela plusieurs années.

Depuis, l'homme a été muté en métropole. Des Frères viennent de retrouver sa trace. Dans un commissariat de banlieue, à Issy-les-Moulineaux.

Il continue de terroriser tous les Algériens qu'il croise sur son chemin. Il cible les troquets et les garnis où résonnent des airs de *chaâbi*, débarque en fin de journée, quand les ouvriers reviennent du travail, contrôle les papiers et sort les clients à coups de pied. Une semaine plus tôt, il a tiré sur un adolescent de quinze ans qui rendait visite à sa famille dans un hôtel de l'avenue de Verdun, puis a crié à la légitime défense, au droit à l'erreur, à la fameuse main dans la poche, celle qui fait croire à la présence d'un pistolet et justifie tout.

Pour l'anar de la bande, l'affaire est réglée : « Bon, on a enquêté. Il faut l'abattre avant qu'il ne provoque d'autres dégâts ! »

À ses yeux, seul le résultat compte. Il n'a que le mot efficacité à la bouche. « Sans nous, prévient-il, toute l'opération risque de capoter. Vous imaginez un Frère algérien faire le guet tranquillement devant un commissariat ? Avec sa gueule, il serait immédiatement repéré et arrêté. » Le conducteur de la Traction Avant semble y être favorable lui aussi, du moins le fait-il savoir.

Et les autres ? Qu'en pensent-ils ? Ils pourraient en discuter tous ensemble pendant des heures, comme avant. Rappeler les raisons de leur engagement, leur solidarité avec les opprimés, leur refus du meurtre et de la torture, ou opposer aux arguments moraux les impératifs de la guerre clandestine, souligner la nécessité d'ouvrir un second front de l'autre côté de la Méditerranée afin de contraindre l'ennemi à disperser ses forces. Ou encore revenir aux fondamentaux, réitérer leur refus de toute forme d'instrumentalisation, arguer de leur autonomie, et répéter le credo de leurs chefs : traîtres, oui, mais aux deux camps, afin d'être fidèles à tous, à l'Algérie indépendante, tout comme à la France et à ses valeurs. Je les entends d'ici échanger quelques insultes alors en vogue : « Curetons ! », « Staliniens ! », « Intellectuels petits-bourgeois ! »

Mais, depuis quelques semaines, conscients que l'étau policier se resserre, ils évitent de se réunir. Ils se croisent à la sortie des cours, dans le Quartier latin. La consigne se répand dans le groupe sans rencontrer de résistance. Elle circule par le bouche à oreille, elle en devient presque irréelle, pareille à une rumeur. Un simple murmure échangé sur un bout de trottoir. En l'absence d'un véritable débat, les interrogations, celles que chacun ne manquerait pas de soulever en pareil cas, se transforment vite en pourquoi pas.

Le garçon à lunettes est le premier à réagir : « On est prêt à leur donner toute l'aide qu'ils réclament, mais ça, non ! » Il veut bien compter et recompter leurs liasses de billets, porter leurs valises, imprimer et distribuer leurs tracts, les voiturer, les héberger, les cacher, leur faire traverser les frontières, leur procurer de faux documents. Pas question, en revanche, de se rendre complice d'un assassinat. C'est de la vengeance.

Ça ne servira à rien, sinon à attiser un peu plus la haine et enclencher un nouveau cycle de violences.

Cet ordre qui vient d'on ne sait où va marquer pour lui un tournant, la fin d'une histoire ou le début d'une autre. Il pressent que leur groupe ne survivra pas à l'épreuve. Entre eux, il y aura toujours ce verdict à exécuter.

Fidèle à son habitude, Sophie observe le silence. Un silence lourd, épais, presque palpable. Par timidité. Parce qu'elle subit le sexisme partout en vigueur, y compris à l'extrême gauche. Et pour ne pas contredire publiquement son ami. Elle trouve l'anar et sa copine plutôt antipathiques, mais elle approuve ce qu'ils disent. Elle ne voit aucune objection à prendre un policier en filature, *a fortiori* un mec qui a du sang sur les mains. Elle s'imagine assez bien en redresseuse de torts, en vengeresse qui veille à l'expiation des fautes. Et puis, elle veut faire quelque chose de sa vie, quelque chose de grand.

*« Ce qui importait, c'était de choisir
une cible et de s'y tenir :
heure après heure, jour après jour,
suffisamment longtemps pour que
des choses étonnantes commencent à se produire. »*

En sortant du cabinet du docteur M., je m'aperçus que je n'étais pas loin de l'endroit où ma mère habitait autrefois. Je reconnus le Gaumont-Alésia où elle m'emmenait le week-end voir des films américains de série B. Des trombes d'eau balayaient la place Victor-et-Hélène-Basch. Je me réfugiai sous le portail de l'église au moment où un cercueil en sortait. Plutôt que d'être confondu avec un proche du défunt, je préférai affronter la pluie et longeai le Zeyer où nous allions manger des saucisses-frites après le ciné. Je me trouvais sur ses terres, les nôtres. L'impasse était associée aux plus belles années de sa vie, et au début de sa solitude. Elle l'avait quittée comme on s'évade d'une prison. Nuitamment et sans laisser d'adresse.

Chacun de ses déménagements s'apparentait à une fuite. Victor-Hugo, Vaugirard, Alésia, la Butte-aux-Cailles, la porte d'Italie. Elle dérivait d'ouest en est, dans un mouvement irrésistible de translation. Lorsqu'elle changeait de quartier, c'était comme si elle ressuscitait. Durant quelques mois, elle retrouvait le sommeil, la quiétude, la gaieté. Elle s'achetait des fringues, se ruinait en taxis, remplaçait l'ensemble de son mobilier, et prenait de grandes résolutions, jusqu'au moment où ses monstres la rattrapaient.

Au lieu de faire appel à un détective, elle aurait pu fuguer de nouveau, vendre son appart, s'installer plus loin, de l'autre côté de la Seine, continuer à remonter le cadran des arrondissements parisiens, comme un compte à rebours avant l'explosion : 16, 15, 14, 13, bientôt 12. Pas cette fois. Malgré les sifflements et les accords de guitare, elle vécut jusqu'à sa mort rue Philibert-Lucot. Trouver un autre logis lui aurait demandé trop d'efforts. Elle se résigna ou finit par comprendre que la chambre sourde qu'elle recherchait inlassablement n'existait pas davantage que les sanctuaires pour électrosensibles. Son persécuteur serait toujours là, où qu'elle aille.

Il y eut un temps où elle crut pouvoir l'affronter par l'écriture. Car, bien entendu, il aurait été le personnage principal de son roman. L'œil ténébreux, le vilain de l'histoire. Elle rêvait de faire apparaître au grand jour le terrible Mr Hyde derrière le gentil amuseur public, de le croquer sous les traits d'un Barbaloup ou d'un Barbaméchant.

La fiction était le seul moyen dont elle disposait pour démasquer une figure qui, comme dit la chanson, se trans-forme à vo-lon-té. Elle s'attaquait à un adversaire redoutable. À un conte de fées. À une boule de douceur. À un grand nounours rose présent dans chaque chambre d'enfant.

Elle voulait enfermer cet ennemi dans des mots. Dans un livre dont elle aurait été à la fois la victime et l'auteure. Elle le voyait déjà se débattre sous les frappes de son Olivetti, reculer, touche après touche, mettre un genou à terre, tenter une feinte, rebondir, croiser le fer une dernière fois, avant de s'effondrer dans un cliquetis de métal. À la faveur d'un staccato libérateur, elle allait enfin se dégager de son emprise. Un dernier retour chariot et il n'aurait plus été qu'un tigre de papier. Le produit de son imagination.

Pour le faire vivre, elle se glissa dans sa peau. Elle l'accompagna dans ses virées nocturnes, étudia ses méthodes, lut ses pensées les plus sombres, regarda le monde à travers ses yeux. Et fut prise de panique. Elle l'abandonna au bout de six pages alors qu'il s'apprêtait à harceler l'une de ses victimes, une femme seule, un double d'elle-même. Elle ne supporta pas d'être confrontée avec son guetteur. Elle ne le contrôlait plus. Il s'était emparé de sa machine à écrire. Elle tapait sous sa dictée. Elle sortit vaincue de cet ultime combat.

Je passai devant l'impasse sans m'y arrêter et décidai de poursuivre mon pèlerinage, de continuer à reculer dans le temps, à enchaîner les stations par ordre décroissant. Je refaisais le même chemin qu'elle, mais en sens inverse. Un vieux pont en fonte qui grondait au passage d'un TGV marquait la frontière entre sa jeunesse et l'âge adulte, sa vie d'étudiante et celles d'épouse, de divorcée, de mère, de femme active, entre sa part d'ombre et ses éclats de lumière.

Orientée nord-ouest, sud-est, donc peu ensoleillée, dépourvue de tout commerce ou de bâtiment remarquable (Wikipédia ne signalait qu'un éphémère QG de campagne du candidat Macron), la rue de l'Abbé-Groult qui avait toujours été pour moi nimbée de mystère, ne dégageait qu'un sentiment d'ennui. En sens unique, peu passante, elle faisait partie de ces chaussées de Paris où, à toute heure du jour et de la nuit, on entend le bruit de ses propres pas. Comme partout ailleurs, un digicode protégeait l'accès du numéro 59. À cause de la pluie, un type, avec deux baguettes sous le bras, eut pitié de moi et me laissa entrer. J'inspectai la cage d'escalier, pris quelques photos de la cour avec mon portable. Une cour grise, minérale, séparée en deux par une grille de fer. J'eus une étrange sensation de déjà-vu. L'homme qui m'avait ouvert la porte m'observait, l'air soupçonneux. Je le saluai et repartis. De là aussi, ma mère avait déguerpi en catastrophe, un soir de novembre 1961.

Que faisait-elle pendant la guerre d'Algérie ? À vrai dire, je n'en savais trop rien. Je ne disposais que de morceaux épars, de bribes, de pâles échos, de souvenirs rapportés et incomplets, partiellement effacés de ma mémoire. Elle militait au sein d'un réseau clandestin fondé par Henri Curiel. Elle distribua des tracts, transporta du courrier et, un jour, ouvrit sa porte à un dirigeant du FLN. Quelqu'un d'important. Un certain « Le Noir ». Il utilisait son deux pièces comme un bureau. Pas longtemps. Quelques mois. Jusqu'à son arrestation par la police.

Elle ne parlait de lui que très rarement et d'un ton gonflé de secret. Elle ne révéla jamais sa véritable identité. Sans doute l'ignorait-elle. Elle le laissait flotter dans l'air, tel un fantôme sans nom et sans visage. J'avais l'impression de le connaître. À force, il m'était devenu familier, semblable au héros d'une histoire que l'on m'aurait racontée, soir après soir, pour m'endormir. Habitué aux maisons gigognes, pleines de recoins, de caches et de chausse-trapes, j'étais convaincu durant mon enfance qu'il se dissimulait quelque part dans nos murs. Il a toujours été là.

Ma mère n'abordait jamais le fait, sans doute, le plus marquant, le plus romanesque de son existence. Comme si elle se sentait coupable de je ne sais quoi ou en redoutait les conséquences – judiciaires ou autres. Un demi-siècle et cinq lois d'amnistie plus tard, elle continuait à se taire. Par obéissance à un ordre supérieur, à une loi semblable à celles qui régissent la mafia ou l'accès aux archives publiques ? Information classée défense pour l'éternité. Son mutisme semblait cacher une honte, quelque chose de non dicible, un acte ou une intention rejetés au-delà du langage, un impensé absolu. Ou alors, il procédait d'un vide. Il n'y avait peut-être rien derrière ce silence, à part des peccadilles, des enfantillages, une conspiration d'opérette qu'elle s'était empressée d'oublier. Je m'étais, peut-être, inventé une mère imaginaire.

J'aurais pu l'interroger, lui arracher des confidences. Pendant longtemps, je n'ai pas osé. Elle se tenait sur ses gardes. Tout ce qu'elle pouvait dire risquait de se retourner contre elle. Ce passé demeurait enfoui à l'intérieur de son corps, pareil à une masse qui à la fois l'écrasait et lui donnait une assise. Sans ce poids mort, elle aurait perdu l'équilibre. La maladie la dépouilla de toutes ses défenses. Elle accepta enfin que l'on s'occupe d'elle. Elle parvint même à affronter la lumière naturelle et le regard d'autrui. À ce moment-là, je ne souhaitais pas lui poser de questions. Ça ne m'intéressait plus. La seule chose qui comptait, c'était qu'elle soit vivante à côté de moi.

Je la retrouvais un peu plus maigre à chaque visite. Son dentier tombait constamment de sa mâchoire émaciée. Elle avait renoncé à le porter. Sa toux se faisait de plus en plus rauque. Elle manquait de s'étouffer. Recroquevillée sous sa couverture, elle grelottait comme si un froid intense la saisissait. Au bout de quelques minutes, la crise prenait fin. Elle retrouvait son souffle et s'allumait une clope. Elle était alors calme, détendue. Je l'avais rarement vue aussi sereine. Elle parvenait même à plaisanter, elle parlait des livres qu'elle aimait, autour d'un verre de vin et d'une tranche de pâté. Nous trinquions, elle allongée sur son matelas, moi assis sur le canapé. Je me sentais curieusement apaisé. Durant ces deux dernières années, j'ai goûté chacun des instants passés en sa compagnie.

Elle conservait dans sa bibliothèque un recueil de poèmes de mon père. Un petit livre intitulé *Sortie de secours* que je découvris après son décès. Il renfermait deux tracts, pliés en quatre et jaunis par le temps. Le premier émanait du MAF, le Mouvement anticolonialiste français, l'une des appellations données par Curiel à sa petite armée des ombres. Son auteur signait d'un « Merci et fraternellement, Christophe ». À coup sûr, un pseudo, à qui je devais, peut-être, mon prénom. Il se réclamait d'un obscur « groupe Dimitrov », dont je n'ai trouvé trace nulle part ailleurs. Un hommage vraisemblablement au Bulgare Georgi Dimitrov, une figure mineure du panthéon communiste, connue surtout pour avoir tenu tête aux nazis lors d'un simulacre de procès organisé dans la foulée de l'incendie du Reichstag.

Dans sa missive destinée à usage interne, et plus précisément au « secteur diffusion-prospection », le camarade Christophe décrivait les grandes étapes d'une stratégie de communication réussie, ce qu'il appelait un « travail patient d'agitation et de provocation ». Il recommandait, très classiquement, de démarcher d'abord autour de soi, à l'intérieur de son université, au sein de son syndicat ou de sa paroisse, de profiter de ses « pérégrinations nocturnes » pour couvrir les murs de papillons et de graffitis, et de repérer les boîtes aux lettres susceptibles d'être remplies sans éveiller l'attention des concierges qu'il semblait considérer, à tort ou à raison, comme des auxiliaires de police. Pour distribuer la propagande du mouvement, il appelait à « engager le plus de personnes possible », des « gens à qui on peut filer du matériel de la main à la main », et, le cas échéant, « leur faire verser du fric ».

Le second texte, anonyme celui-ci, exhortait les conscrits servant en Algérie à l'insoumission. Au verso de la feuille, tout en bas, quelqu'un – ma mère, sans doute, même si son écriture me semblait moins ferme que d'habitude – avait apposé à l'encre bleue un commentaire qui sonnait comme un regret ou une confession : « L'humilité, les maladresses, la morne obstination... » Ce bout de phrase tiré d'un roman de Colette, *Le Blé en herbe*, ne renvoyait pas aux aléas de la clandestinité, mais à la découverte de l'amour et à ses déconvenues.

Mes parents se rencontrèrent grâce au « Soutien », dans une atmosphère pénombreuse, propice à la rêverie, aux rapprochements, aux aventures, aux quiproquos aussi, un monde du non-dit, du sous-entendu, de l'implicite, régi par le secret. Avant de former un couple, ils sortirent en bande. Un cercle d'étudiants transformés en conjurés. De complices, ils devinrent amants, unis par le danger, l'inconnu, une forme d'altruisme, une foi partagée et le hasard d'une vie souterraine. Jetés l'un contre l'autre par la violence du moment, ils s'agrippèrent pour ne pas être emportés par la bourrasque. Ils s'aimèrent et aimèrent la situation dans laquelle ils étaient plongés.

Le peu que je savais de cette période, je le tenais de mon père. Pas grand-chose. Des bouts de souvenirs. Un assortiment de faits minuscules. Il restait dans le flou comme s'il était soumis, lui aussi, à un devoir de réserve. Nous nous retrouvions dans un café, à Saint-Paul. Je le sondais avec un soin infini, craignant de raviver un passé douloureux. Ses réponses étaient évasives, souvent contradictoires. Lorsque je me montrais trop insistant, il riait et me demandait si, pour le faire avouer, j'allais « recourir aux bonnes vieilles méthodes » et promener des « électrodes » sur son corps. Je cachais mal ma frustration et, un matin, il me reçut chez lui avec plus de solennité, il m'accorda du temps, mais ne fut pas d'un grand secours.

Le « groupe Dimitrov » ne lui disait rien, pas plus que le MAF, le Mouvement anticolonialiste français. Il n'avait pas conservé de contact et ne se rappelait aucun nom. Il cligna des yeux : « Ce n'étaient que de vagues relations politiques, dans un vague réseau. » Il prétendait n'avoir exercé qu'un rôle de figuration. Il me raconta avec le sourire qu'il vendait des bouquins interdits « à la porte des églises », c'est l'expression qu'il employa. Et pourquoi pas des billets de tombola pour la fête de la paroisse ? Il dut sentir mon agacement et retrouva soudain la mémoire. « Alain ! Lui voyait Curiel. Il a épousé la fille d'un artiste suisse. » Il effectua une rapide recherche sur Internet, sans résultat. Il examina des photos qui correspondaient à son patronyme. « Soixante ans après, ça peut être n'importe qui. » Il me parla également de Pierre-Jean Oswald. « Un copain poète », éditeur de Maïakovski, Alexandre Blok et André Frénaud, qui avait aussi publié le dernier roman de ma grand-mère. « Il avait sa presse à bras, près de la Bastille. Je lui ai fait imprimer quelques tracts. » Il y avait dans sa voix de la mélancolie, ainsi qu'une pointe de dérision.

Il maniait volontiers la litote. Selon lui, j'accordais trop de poids à cette histoire. « L'Algérie, tu sais, ce n'était pas si important. Ta mère n'en parlait jamais. À part prêter son appartement, je ne sais pas du tout ce qu'elle faisait. Peut-être rien. » Dans le même souffle, il ajouta, cette fois en baissant la voix : « Elle s'imaginait en résistante. Elle voulait une vie héroïque. Elle aurait fait n'importe quoi pour le réseau. Tout ça aurait pu très mal tourner. »

En fin de soirée, la rue des Saussaies est prise d'une frénésie inhabituelle. Dans la cour carrée, pas moins de trente-neuf véhicules attendent le signal du départ. Des Peugeot banalisées, des voitures pie de la préfecture, pare-chocs contre pare-chocs, comme après un carambolage, des Berliet bleu nuit à l'arrière desquels on aperçoit des silhouettes casquées, en manteau de cuir. Des centaines d'agents vont et viennent entre ces carrosseries étincelantes, le regard rivé sur l'horloge murale, certains en civil, ce qui, dans leur cas, désigne un imperméable gris-vert ou de couleur mastic, d'autres en uniforme doublé d'un gilet pare-balles, avec parfois un fusil-mitrailleur porté à la hanche. La consigne précise que « tous les fonctionnaires doivent être armés ». Des chauffeurs font tourner leur moteur. De puissants phares s'allument.

Chaque chef d'équipe part avec une enveloppe contenant la liste des individus à arrêter, leur adresse, les questions à leur poser, une fiche d'interrogatoire déjà prête, il n'y a plus qu'à remplir les blancs. Ils connaissent même le numéro de la salle où ils cuisineront leurs clients. L'opération mobilise les cinq étages de la Direction de la surveillance du territoire. Son nom de code : Flore, à cause, bien sûr, du célèbre café existentialiste. Dissipons tout de suite un malentendu : les policiers ne prévoient pas de coffrer sa prestigieuse clientèle, Sartre et Beauvoir en tête (qui d'ailleurs n'y traînent plus trop), même si l'idée leur plairait bien. Ils visent, non pas le Flore et sa faune, mais l'un de ses voisins, domicilié juste à côté, au 8, impasse des Deux-Anges.

Outre Mohamed Zouaoui, ils espèrent capturer l'ensemble de ses complices. Pour l'essentiel, de hauts responsables du FLN et leurs agents de liaison « européens », comme on dit dans leur jargon – un terme vague, synonyme de « blancs » dans les colonies, qui traduit, aussi, une répugnance des autorités à reconnaître la nationalité française des porteurs de valises. Ce vaste écheveau, reconstitué à l'issue de sept semaines de filatures et de mises sur écoute, comprend presque autant de métropolitains que d'Algériens. Au total, plus d'une trentaine de personnes.

Les raids débutent simultanément, à 2 heures du matin. Ils s'effectuent dans un Paris en crise de tétanie, paralysé, en proie à une forme de contraction musculaire consécutive à un excès d'excitation nerveuse. Un court-circuit, au niveau d'un jeu de barres, à la centrale électrique de Vitry vient de provoquer une panne de courant générale. Pendant près de trente minutes, le sud de la capitale a été plongé dans le noir complet. Une durée trop brève pour relancer la croissance démographique, mais suffisante pour créer une belle pagaille. Sans lien avec ce qui précède, deux rames de métro se sont percutées au pont de Sèvres. La faute à une erreur d'aiguillage. À cette série d'incidents, s'ajoutent, comme chaque nuit, des explosions, ici et là, de pains de plastic (sept en tout, selon la presse du lendemain), ciblant des cafés nord-africains et des personnalités hostiles à la guerre d'Algérie.

Une fois sortis à la queue leu leu du ministère de l'Intérieur, les véhicules se dispersent dans différentes directions. Ils ne croisent pas grand monde. Après tant d'émotions – attentats à la bombe, catastrophe ferroviaire, coupure d'électricité... –, les Parisiens restent cloîtrés chez eux. Le premier convoi rejoint donc assez vite Saint-Germain-des-Prés. Parvenu à la hauteur du Flore, il ralentit, tourne à gauche, remonte la rue Saint-Benoît à contresens et s'engouffre dans l'impasse. Je dois me contenter d'imaginer la scène qui suit. Coups de poing et de pied sur la porte. Quelqu'un qui crie « Police ! ». Le même ou un autre qui pointe sa lampe torche sur un homme en sous-vêtements. Surpris au saut du lit, Mohamed Zouaoui n'a pas le temps de lire le papier qu'on lui tend : « Sur commission rogatoire », « le juge... a autorisé ». Autour de lui, les tiroirs se vident un par un, les vêtements tourbillonnent dans l'air, avant de retomber au sol comme des poupées désarticulées, une manche tordue, un col retourné, une armoire s'abat dans un bruit mat, un coup de cutter déchire la toile d'un matelas. Les inspecteurs s'énervent, demandent où sont les archives, n'obtiennent aucune réponse, décident de repartir avec leur captif, jusqu'à ce que l'un d'eux remarque quelques mots griffonnés sur un feuillet arraché à un agenda. Il s'agit d'une adresse : « 31, avenue de Versailles ».

Des policiers, alertés par la radio de bord, se rendent sur place, identifient son occupant, une femme, secrétaire au Touring Club de France, trouvent chez elle une valise pleine de billets et le reçu qui va avec : « Le 3 novembre 1961, Wilaya 3 bis, 39 350 000 francs, Marcel ». Au même moment, d'autres collègues épinglent Madjoub Benzarfa, alias « Marcel », dans un atelier de menuiserie du 12e arrondissement. Ils mettent rapidement au jour, derrière une fausse cloison, une imprimerie clandestine : deux ronéos, trois machines à écrire, un duplicateur Girda tout neuf et une tonne de papier. « Poucette », la jeune fille au scooter, est arrêtée à l'autre bout de Paris, rue du Four, alors qu'elle s'apprête à monter dans une voiture. Son sac à main contient vingt-quatre lettres adressées à des ambassades et à des organes de presse, ainsi que trente-six clefs correspondant à autant de planques.

De retour rue des Saussaies, les prisonniers et leurs gardiens défilent dans le hall, à travers une foule fonctionnarisée. Mohamed Zouaoui est conduit directement au deuxième. Séparée du couloir par une double porte, la pièce 201 se réduit à quatre murs aveugles, tapissés de matière plastique, destinée sans doute à l'insonoriser, et à deux tables. Sur celle de droite, repose une machine à écrire. Gageons, car les clichés ont un fond de vérité, que le policier tape avec ses deux index. Régulièrement, il s'arrête pour débloquer une touche ou remettre droit le ruban encreur.

À la vue de l'effort déployé pour isoler la salle, le présumé « responsable fédéral résidant en France » doit s'attendre au pire. Les techniques de la maison sont bien connues : la bouteille dans l'anus, le supplice de la broche, l'entonnoir rempli d'eau savonneuse, les pinces d'acier reliées à des câbles électriques et fixées sur les parties génitales… Mais l'officier s'emploie à le rassurer. Et, probablement, lui tient à peu près ce langage : « Ici, on n'est pas dans un commissariat, on ne torture pas. Pour quoi faire ? On sait déjà tout sur toi. » Il lui présente des photos prises au téléobjectif, des documents, des pages d'instructions. L'Algérien reste impassible. Il reconnaît seulement être « un militant du FLN ». Impossible de lui tirer autre chose.

Son interrogateur regarde sa fiche. Celle-ci ne comporte qu'une seule recommandation : « NE PAS FAIRE ÉTAT DU PSEUDO-MAURICE. » Il lui pose une dernière question, en passant, comme pour réparer un oubli, un peu à la manière de l'inspecteur Colombo quand il veut piéger un suspect : « Est-ce ton écriture ? » La note qu'il lui tend est parfaitement anodine. Il ne peut s'empêcher de sourire en entendant son prisonnier acquiescer. Cette fois, il le tient. Les policiers ont trouvé chez « Poucette » une lettre manuscrite du chef du FLN signée « Maurice ». N'importe quel graphologue pourra confirmer que les deux textes émanent bien de la même personne.

> *« En bref, faites attention et regardez-y*
> *à deux fois avant de vous aventurer*
> *la nuit dans des coins déserts. »*

Nicole me reçut à la veille de subir une opération de la hanche, en s'excusant presque, comme si c'était elle qui empiétait sur mon temps. Elle habitait au Trocadéro, en haut d'un immeuble moderne. « Encore une fois, je ne sais pas très bien ce que je peux vous apporter », répétait-elle à tout bout de champ. Elle m'invita à m'asseoir et revint avec de grandes enveloppes qui contenaient des coupures de presse, des lettres et des photos noir et blanc. Elle se déplaçait avec difficulté dans son appartement saturé de souvenirs. « Rappelez-moi le nom de votre mère ? Où militait-elle ? Le groupe Curiel ? Lui, je l'ai surtout connu à Fresnes. Ah, le voilà ! » Elle me désigna un homme grand, efflanqué, aux lunettes épaisses, vêtu d'un pull à col en v, souriant devant l'objectif, malgré les barreaux aux fenêtres.

Elle s'arrêta comme sous l'effet d'une piqûre. « Attention ! Je n'aime pas trop raconter tout cela. » Jusqu'à l'indépendance, Nicole faisait partie du collectif d'avocats qui assuraient la défense des nationalistes algériens et retournaient les procès contre leurs accusateurs. Elle gardait un souvenir terrible des derniers mois. Les dossiers remplis de disparus, les traces de torture sur ses clients, la peur des colis piégés. « Plus on s'approchait de la fin, plus la violence redoublait. » Elle-même avait échappé à une tentative d'assassinat lors d'un déplacement à Sétif. Elle semblait encore redouter les agissements de quelque escadron noir. « L'OAS existe toujours », me prévint-elle. En me raccompagnant, elle fit un dernier effort de mémoire. « Quel était déjà le pseudo de votre mère ? Sophie ? Ça me dit quelque chose. »

Pendant des mois, je rencontrai d'anciens membres du réseau. Chaque fois, ils m'accueillaient avec chaleur, mais semblaient frappés, à des degrés divers, d'une amnésie collective. Personne ne pouvait me confirmer quoi que ce soit. Leurs propos demeuraient flous, nébuleux. Par suite d'un réflexe de survie, non du fait de la vieillesse ou d'un Alzheimer précoce. Ils avaient effacé leur disque dur, du moins celui qui contenait les données relatives à cette période. Un acte délibéré. Tout avait été passé au broyeur. « Les seules archives sont celles de la police ! » s'écria l'un d'eux, un géopolitologue renommé à qui je demandais si je pouvais consulter sa documentation. Il revenait d'un voyage au Proche-Orient et portait un sparadrap à la paupière. Je m'apprêtais à partir quand il me dit : « Vous savez, la guerre d'Algérie n'est pas finie. »

Contrairement aux résistants, leurs modèles, ou à la génération suivante, celle des soixante-huitards, ils n'avaient tiré aucun bénéfice de leur engagement. Aucun poste, aucune rente, aucune notoriété particulière. Leur nom ne figurait nulle part, hormis au détour d'ouvrages spécialisés ou militants. J'hésite même à les mentionner, ici, de crainte de leur faire courir un risque quelconque. Soixante ans après, leur histoire continuait à leur échapper. Ils rechignaient à la raconter et, lorsqu'ils sortaient enfin du silence, ils disaient qu'ils n'avaient rien fait, sinon des « petites choses ». Telle cette amie de ma mère, Michèle, qui avait rendu de « menus services » au FLN, comme taper du courrier et « deux ou trois autres trucs » sur lesquels elle ne souhaitait pas s'étendre. Ils n'étaient que des porteurs de valises, de simples bagagistes.

Ils resurgissaient de temps en temps, à l'occasion d'un symposium ou d'une cérémonie organisée en leur honneur par l'Algérie. Cela leur valait un entrefilet dans la presse locale et aussitôt des menaces sur divers sites d'extrême droite, de l'autre côté de la Méditerranée. « On restera toujours des traîtres », me dit une médecin qui, dans le réseau, se faisait appeler « Barbara », « à cause de la chanteuse », précisait-elle. En 1990, le ministère des Moudjahidine lui décerna une médaille, ainsi qu'à une dizaine d'autres vétérans français. Un journaliste algérien voulut la photographier avec le reste du groupe. Cette dame élégante, d'une politesse exquise, lui tourna le dos. « Je ne voulais pas que l'on me reconnaisse. »

Je retrouvai Jean-Claude par l'intermédiaire d'une maison d'édition suisse pour laquelle il avait travaillé vingt ans plus tôt comme traducteur. La belle tignasse blanche peignée en arrière, l'écharpe de couleur vive enroulée autour du cou, les doubles foyers, le lieu qu'il avait choisi pour notre rendez-vous – un bar du boulevard Saint-Germain –, trahissaient l'éternel étudiant jamais sorti d'une aire qui n'était plus protégée depuis longtemps. Il résidait sur le trottoir opposé et enseignait l'architecture dans une école privée, deux rues plus loin. Lui aussi pratiquait l'ironie comme un sport de défense. « Vous faites ça par amour filial ou intérêt historique ? » me lança-t-il.

Je lui demandai s'il lui arrivait de retourner à La Fourchette. Il rigola. Le café, rebaptisé depuis Bistrot 1, lui évoquait surtout les filles, la tchatche, une agitation un peu futile, beaucoup de désœuvrement. Rien de très héroïque. « On glandait beaucoup. Le militantisme consistait à traîner d'un café à l'autre en s'assurant de ne pas être suivi par la DST. » Il prenait tout à la blague. « Notre action n'était subversive qu'aux yeux du pouvoir. Nous ne formions pas vraiment un groupe. Ou alors à la manière des peintres. Vous savez, Barbizon, Auvers-sur-Oise ou Paris n'avaient d'école que le nom. » Ses années de révolte s'apparentaient à un jeu de masques à la manière de la commedia dell'arte. « Il y avait un côté farce. Notre travail, si j'ose dire, c'était de con-scien-ti-ser la jeunesse étudiante. » Il s'amusa à détacher chaque syllabe. « Nous n'avions pas une activité débordante. »

Et nous, c'était qui ? Il se raidit. « Vous voulez des noms ? Ça fait un peu interrogatoire de police. » Il réfléchit. « Philippe Vellet ? Il possédait une traction avec la porte qui s'ouvre vers l'avant. Il se targuait de relier Paris à Orléans en moins d'une heure. Vous ne pourrez pas le questionner. Il est mort, il y a trois ans. Et Claude Néville, ça ne vous dit rien non plus ? » Il ne savait pas comment le joindre, ni même s'il vivait encore. Leur dernière rencontre remontait aux années 1960. « Il bossait, je crois, avec un Allemand qui vendait des surplus de l'armée américaine. »

À l'Institut d'anglais, Jean-Claude formait avec ma mère un duo inséparable. Malgré leurs liens étroits, il semblait ignorer beaucoup de choses sur elle. « Elle avait un pseudo ? Sophie ? C'est la preuve qu'elle était plus engagée que moi. » Il n'était pas surpris. « Elle était plus sérieuse que votre père et moi, plus impliquée. Comment ? Je ne sais pas. Ça se voyait. »

Je repris le métro jusqu'au boulevard de Grenelle. Sans le code à quatre chiffres, je me serais trompé d'immeuble. Deux portes, séparées de quelques dizaines de mètres, correspondaient au même numéro. Une erreur ou un fait exprès. Un homme habitué à vivre caché ne pouvait pas trouver meilleure adresse. Sa rue lui ressemblait. Elle épousait un coude, elle se blottissait dans un coin. Elle était si petite qu'il fallait une loupe pour la repérer sur un plan de Paris.

Adolfo Kaminsky possédait une autre qualité précieuse pour un clandestin. Dès qu'il entendait un nom, il s'empressait de l'oublier. Parce qu'il savait qu'une identité peut tuer, il en avait inventé des milliers. Durant l'Occupation, des gens en -ski ou en -stein devenaient sous sa plume des Durant ou des Dupuis. Plus tard, il transforma des Madjoub en Marcel. Chimiste amateur, photographe talentueux, contrefacteur de génie, il pouvait reproduire en un temps record n'importe quel document officiel, y compris le passeport suisse réputé infalsifiable. Des talents mis au service d'abord de la Résistance, puis du contre-espionnage français, et enfin, jusqu'à une date assez récente, de différents mouvements de libération, dont le FLN.

Dans de telles conditions, je m'attendais à rencontrer toujours la même réticence, les mêmes approximations, le « qui vous savez à l'endroit habituel », quand, au cours de l'entretien, il me parla de ma mère avec une étrange familiarité, comme d'une vieille amie.

« Elle ne vous disait rien ? C'est normal. Aucun de nous n'a parlé. Mais je sais qu'elle a hébergé... » Il ne termina pas sa phrase et partit sur un tout autre sujet. J'interrompis ses digressions.

« Elle se faisait appeler Sophie.
– Et moi, Joseph. Oui, elle, c'était Sophie. »

J'eus un coup au cœur, comme le joueur de casino qui voit la bille osciller au-dessus de l'encoche correspondant à son numéro plein, avant de me rendre compte qu'il se contentait de répéter ce que je disais. En revanche, il était au courant pour « Le Noir ». Quelqu'un du réseau avait dû lui raconter la raison de ma venue.

« Nous, on l'appelait Omar Le Noir. »

Le jour de l'opération Flore, le 10 novembre 1961, Adolfo Kaminsky s'apprêtait à déménager à Bruxelles. Paris devenait trop dangereux pour lui. Les Algériens lui demandèrent en catastrophe de surseoir à son départ. Ils firent appel à ses compétences, non pas de faussaire, mais de cambrioleur : il devait à tout prix récupérer les archives de leur chef dissimulés dans une planque. « Si la police les avait trouvées, ça aurait fait beaucoup de morts. Il y avait des rapports de chefs de région : Untel a battu sa femme, il sera mis à l'amende, etc. Des choses sans importance, mais qui comportaient des noms, des adresses, ça aurait été épouvantable. »

Il leur demanda la marque de la serrure. C'était une Zénith. Il en acheta plusieurs, força celle de l'appartement et la remplaça par une nouvelle. À mesure qu'il se remémorait jusque dans les détails son premier et, sans doute, dernier fric-frac, ses prunelles s'ouvraient et brillaient d'une lueur pleine de malice : « C'était un travail de professionnel. »

Était-ce rue de l'Abbé-Groult ? Il ne se souvenait plus de l'endroit précisément, mais la description qu'il en faisait ne collait pas. Dans sa tête, il s'agissait d'un « petit HLM, comme ici, près d'un métro » qu'il situait tantôt à Nanterre, tantôt porte des Lilas. « Moi, j'étais en relation directe avec le Vieux... » Je le voyais dériver de nouveau. Il se débattait avec sa mémoire, ne trouvait aucun nom, et, à chaque fois, sollicitait son épouse : « Et cet homme, Leïla, comment s'appelait-il ? » Il mentionna ensuite la « doctoresse ». Il faisait allusion à cette femme qui refusait d'être photographiée, surnommée « Barbara ». « Elle a écrit un livre dans lequel elle parle de votre mère », me dit-il. Je connaissais ce texte qui relatait les espoirs et les désillusions des pieds-rouges installés en Algérie après la guerre, et compris qu'il parlait depuis le début de quelqu'un d'autre.

Je croyais alors que l'invité mystère de ma mère était le chef du FLN en France. À cause de son surnom de pirate découvert par hasard en lisant une étude disponible en ligne de l'historien anglais Neil MacMaster. À mesure que j'avançais dans mes recherches, je me demandais s'il ne s'agissait pas d'un autre « Le Noir ». Une seule personne pouvait me répondre.

Au téléphone, celle que la police surnommait « Poucette » lui donnait du « Monsieur Zouaoui ». Elle aurait pu tout aussi bien dire

« Mon général ». Au rappel de celui qui avait été son chef, elle retrouvait des intonations de combattante. Froides, résolues, avec la distance, la pointe de déférence due à un haut gradé. Si elle le vouvoyait ? « Bien sûr ! » Elle parut choquée à l'idée qu'il ait pu exister entre eux un semblant d'intimité. « Je ne tutoyais aucun de mes responsables. Il n'y avait rien d'affectif. Grand Dieu ! Préservez-moi. » Elle était agent de liaison, une télégraphiste, une messagère disciplinée, disponible à tout moment. Voilà tout. « J'exécutais les ordres », répétait-elle comme un mantra. Je croyais presque l'entendre, face à ses interrogateurs.

Elle n'avait pas cherché à le revoir et ignorait même son décès, intervenu des années plus tôt, chez lui, à Sidi Bel Abbès. Elle affectait l'indifférence : « Après l'Algérie, j'ai eu une autre vie. » Je la sentais, elle aussi, sur le qui-vive, déterminée à en dire le moins possible. Et pourtant, elle ne raccrochait pas. Était-elle émue par l'espoir démesuré qu'un inconnu plaçait en elle ou la quête d'un fils ?

Elle ne réagit qu'à l'évocation de cette rue de Paris qui, généralement, ne disait rien à personne. Au nom de l'Abbé-Groult, elle poussa une exclamation comme si je venais de nommer son vieux confesseur oublié depuis belle lurette. « Alors, là oui ! » Sa voix s'adoucit d'un coup. « Monsieur Zouaoui avait plusieurs planques, mais là, c'était son lieu à lui. Son secret. Il me disait toujours : "Allez rue de l'Abbé." » Elle eut un instant d'hésitation. « C'était chez votre mère ? Elle... Elle a peut-être été un moment sa compagne. »

Devant mon silence, elle s'empressa d'ajouter : « C'était très cloisonné. Je ne peux pas dire grand-chose de cette dame. » Elle l'avait croisée, plusieurs fois, dans l'appartement, lors de ses visites en coup de vent, le temps de prendre ou de remettre des documents. Il s'agissait d'une Française, elle en était certaine. « Pas le genre étudiante. Plus âgée, plus distinguée. » Elle conservait d'elle une image précise : « La trentaine, très, très blonde, la coiffure apprêtée. »

« Vous êtes sûre que ses cheveux n'étaient pas plutôt châtain clair ? Les portait-elle en choucroute ou lâchés, la mèche sur le côté ? La trentaine, dites-vous ? N'était-elle pas plus jeune ? Et si je vous montrais une photo, pourriez-vous la reconnaître ? » Un feu roulant. Une salve ininterrompue. Elle attendit une brève accalmie, pour couper court à la discussion : « Ce n'est peut-être pas la même personne. »

Elle était prête à me rencontrer. Pas dans son quartier. Loin de chez elle. Dans un lieu anonyme. Elle s'excusa de son excès de prudence. « Je suis toujours un peu... Bon, un jour, il faudra que je me débarrasse de mon esprit ancien combattant. »

Après avoir raccroché, j'examinai longuement le visage de Mohamed Zouaoui reproduit dans l'opuscule de Neil MacMaster. Tête carrée, lunettes noires, oreilles décollées, bouche fermée, cou massif, joues pendantes. À la vue de ce cliché peu flatteur tiré vraisemblablement d'un fichier de police, je me dis qu'il méritait bien son surnom de « Bouledogue ». Je m'observai dans un miroir, revins à son image anthropométrique. J'avais beau faire, je ne lui trouvais aucun air de famille.

Nous étions convenus de nous retrouver dans un café de la place du Châtelet. J'avais conservé mon écharpe rouge à pois blancs autour du cou. « Ne l'oubliez pas », m'avait-elle dit au téléphone, retrouvant ses réflexes de la clandestinité. « Moi, on me reconnaissait parce que je n'étais pas très grande. On a dû vous le dire, non ? » Son emploi de l'imparfait m'avait fait sourire. Je la sentais revenue un demi-siècle en arrière. Quand elle filait d'un rendez-vous à l'autre à califourchon sur sa Vespa.

J'étais assis à l'écart. Derrière moi, un serveur terminait son déjeuner en maugréant. « Le riz est bon, mais avec la viande, on pourrait jouer aux osselets. » L'homme repoussa son assiette avec la rage d'un marin du *Potemkine* juste avant de se mutiner. Il me lança d'un ton mauvais : « Pourquoi vous me regardez ? » Je lui répondis que j'attendais quelqu'un.

Je vis au même moment une silhouette en loden vert, coiffée d'un bonnet gris, s'approcher de l'entrée, scruter la salle à travers la porte vitrée et s'éloigner aussi vite. C'était forcément elle. En voyant mon contact s'enfuir, j'aurais dû avoir mes sens en alerte, vérifier si un indic ne se dissimulait pas parmi la clientèle clairsemée ou alors déguerpir à mon tour en empruntant un autre chemin. Manquant aux consignes de sécurité les plus élémentaires, je me levai, payai ma consommation et courus après cette petite dame en criant son nom. Elle continua à marcher, comme si de rien n'était, mais revint quelques minutes après, et proposa d'aller ailleurs.

Une fois installée à une terrasse déserte, choisie d'ailleurs pour ce seul motif, elle s'excusa. « L'autre soir, je me suis trompée quand vous m'avez parlé du 15e arrondissement. Je n'allais pas rue de l'Abbé-Groult, mais rue du Général-Beuret. Ça m'est revenu pendant la nuit. » Une erreur compréhensible. Trois cents mètres à peine séparent les deux adresses. Elle avait confondu le moine et le soldat.

Pour en avoir le cœur net, je sortis des clichés de ma mère jeune. Cette tête lui rappelait vaguement quelqu'un, mais pas « la dame blonde ». Elle avait, elle-même, amené une coupure de *France-Soir* relatant la chute du réseau. Sur la trentaine de personnes attrapées ce jour-là, elle et son chef étaient les seuls à avoir eu les honneurs du journal. Leurs deux visages s'étalaient à la une. Elle apparaissait comme l'égérie de la bande. « Celle qui faisait tout, qui passait partout. Il n'y avait rien de tout ça. Je n'étais qu'une fourmi. » Par coquetterie ou goût maladif du secret, elle avait plié l'article en deux, de façon à cacher la partie qui lui était consacrée.

Elle avait exhumé cet article de presse pour me montrer à quoi ressemblait son supérieur. Elle continuait à le désigner par le titre quasi démiurgique qu'il portait au sein de l'organisation de « grand coordinateur ». Peau sombre, yeux fixes derrière les verres teintés, goitre proéminent, deux pavillons auditifs bien écartés, coupe au bol... Je reconnus l'image qui figurait dans le livre de l'historien britannique. J'eus à peine le temps d'entrevoir sur le second volet du diptyque une jeune fille blonde, bien sage, coiffée d'un chignon.

Un couple infernal, comme on les aime tant dans les médias. Bonnie and Clyde. Le bouledogue et la fourmi. En disparaissant de l'autre côté du rabat, elle se dissociait d'un homme qui n'était pas le sien et qu'elle tenait pour partiellement responsable de leur arrestation. « Il ne respectait pas trop les règles de la clandestinité », dit-elle avec une infinie prudence. En deux ans, elle avait servi trois « grands coordinateurs ». Les deux premiers maintenaient un strict cloisonnement. « Ils veillaient à ce que je ne traite qu'avec eux et un ou deux Français chez qui je portais des papiers. » Tout le contraire de Zouaoui. « Lui m'envoyait voir chaque responsable régional et ses agents de liaison. » Elle s'en voulait encore d'avoir guidé la police jusqu'à eux. « Je ne regardais pas assez autour de moi. C'est un tort. »

Elle n'en démordait pas : « Rue de l'Abbé-Groult, je ne suis jamais allée. Mais Monsieur Zouaoui passait certainement par d'autres circuits que moi.

– Qui à part lui se faisait appeler "Le Noir" ?
– Il y avait un autre type à la peau vraiment noire qui s'occupait de la presse, rédigeait les tracts et les communiqués. Son nom ? Je ne sais pas. On ne savait rien.
– Il ne s'appelait pas Madjoub Benzarfa par hasard ?
– Peut-être. »

L'indicatif consiste en un glouglou métallique, un bruit assez désagréable, même flippant, mélange de sonar et de poêle à frire, censé évoquer des ondes invisibles progressant par cercles concentriques dans le ciel éthéré de la mère patrie. « Inter-Actualité. Jean Lefèvre au micro. À Rabat, de jeunes émeutiers marocains ont tenté dans la journée de mettre à sac l'ambassade de France. Pas de victimes, heureusement, mais des dégâts... » Étendue sur sa couche, Sophie écoute d'une oreille distraite le journal parlé du soir. La diction est solennelle, déclamatoire, nasillarde. Une voix noir et blanc, genre Gaumont-Pathé. En studio, l'aiguille du potentiomètre sursaute à chaque inflexion. Le deuxième titre porte sur l'opération Flore :

« En métropole, c'est l'arrestation d'une trentaine de responsables du FLN qui est l'événement marquant des dernières vingt-quatre heures. Ce coup de filet a été effectué la nuit dernière par la Sécurité du territoire après une assez longue enquête. Parmi les responsables qui ont été appréhendés, figure le chef de la Fédération du

FLN en France, connu pour l'instant que sous le sobriquet de Mustapha le Noir. » Outre la saisie de « trois millions de nouveaux francs », le présentateur annonce dans un froissement de feuilles que « quatre ou cinq Européens, dont une femme, font partie des personnes arrêtées ».

Sophie se précipite sur sa radio, monte le son. Les mots jusque-là agglutinés, au point de ne former qu'une musique de fond, un léger bourdonnement, crissent comme du verre brisé. Le nom de Mustapha le Noir cogne dans sa tête. Est-ce le même ? Si ce n'est lui, c'est donc son frère, un frère de la côte, un autre Algérien au blase de flibustier. Elle se tourne vers le garçon aux cheveux crépus et aux yeux de myope, qui désormais ne la quitte plus. Ils viennent de passer quelques jours à la campagne et ne sont au courant de rien. Elle tripote le sélecteur de fréquence, capte une seconde station, entend le ministre de l'Intérieur crier victoire : « C'est le coup le plus dur porté à l'organisation du FLN en France depuis le début de la rébellion. » Soudain, elle comprend. C'est comme si le transistor lui criait de déguerpir au plus vite. Le réseau démantelé, son chef arrêté, l'appartement est peut-être déjà surveillé. La police peut débarquer à tout moment.

Elle explique la situation à son ami qui n'a pas tout compris en raison de sa surdité, un point commun avec son père. Elle tire nerveusement sur sa cigarette, va et vient dans la pièce sans savoir par où commencer. Le garçon l'aide à choisir des vêtements et à boucler sa valise remplie de bouquins jetés pêle-mêle, ils claquent la porte, dévalent l'escalier, elle pousse un cri, remonte chez elle. Les dossiers, elle a failli les oublier. La voilà qui fouille au fond de l'armoire ou alors soulève une latte du parquet, et récupère les notes, circulaires, journaux, comptes rendus, tableaux financiers, lettres d'instruction, rapports frappés du croissant et de l'étoile, tout un tas de papiers laissés par son pensionnaire, qu'elle fourre dans son sac. Ils descendent les marches, cette fois, sans faire de bruit. Dans la rue, aucun individu en trench-coat dissimulé sous un porche.

Ils s'éloignent dans la nuit sans savoir où aller ni ce qu'ils vont faire de leur barda. En toute logique, ils devraient le remettre à ses propriétaires. Mais à qui se fier ? Quelqu'un a parlé ou commis une faute, c'est forcé. Pas de coup de filet sans trahison ou négligence. Ils se méfient de tout le monde et, en premier lieu, de leurs anciens camarades.

Le garçon suggère de prendre conseil auprès d'une personne extérieure, qui ne connaît pas la petite bande. Quelqu'un de plus âgé, un assistant à la Sorbonne, sociologue lui aussi, qui, tiens, justement, revient d'Algérie. Ce dernier habite un studio pas loin, au bout de la rue Lecourbe. Il les reçoit malgré l'heure tardive, survole la paperasse, ironise sur sa langue de bois, repère des noms, des adresses. Des cibles. Des gens à neutraliser, dirait la police. Des morts en sursis.

« Il faut vous débarrasser de ça. » L'homme propose de s'en charger. Il brûle tout dans ses toilettes, regarde les feuilles noircir au fond de la cuvette en émail et se tortiller sous les flammes jusqu'à former une masse neigeuse, puis il tire la chasse, revient dans la pièce et, avec un sourire matois, recommande au couple de disparaître. De prendre du champ. « En dernière analyse, faites-vous oublier quelque temps. »

Ils errent dans une ville qui, pour eux, n'a plus rien de neutre ou d'ordinaire, comme peut l'être un lieu associé à la vie de tous les jours. Là où, trois semaines plus tôt, les Parisiens n'ont rien vu, ou rien voulu voir, ils regardent autour d'eux à la manière d'experts en balistique, ils fouillent et retournent le sol, cherchent les impacts de balle, flairent l'odeur de soufre et de cordite brûlée, devinent les taches de sang coagulées sur les trottoirs et n'ont pas besoin de lire l'inscription tracée à la peinture blanche au-dessous du quai des Orfèvres pour savoir qu'« ici, on noie les Algériens ». Ils parcourent une scène de crimes signalée par aucun ruban jaune. Rarement un massacre aura eu autant de spectateurs et si peu de retentissement. Des centaines d'hommes et de femmes battus à mort, tirés comme des lapins, balancés à la flotte. Pas dans un bidonville, loin des regards. Mais au centre de Paris, sur les places de l'Opéra, de l'Étoile et de la Concorde, aux ponts de Neuilly et de Saint-Michel, sur les Champs-Élysées, le long des Grands Boulevards, aux métros Bac et Alésia, au vu et au su de tous. Un pogrom devant des badauds, sous leur nez, à défaut de leurs yeux occupés ailleurs. Des témoins à qui on ne va pas gâcher la soirée. Une fusillade en sortant du Rex, où l'on projette *Les Canons de Navarone*, une autre avant d'aller manger une choucroute Chez Jenny, une bastonnade en prenant le métro. Plus tard, dans la nuit, encore des cris de suppliciés au parc des expositions de la porte de Versailles, transformé en camp de triage, cette fois couverts par la voix de Ray Charles qui donne un concert au Palais des Sports. Et après, le silence. Des décennies de silence. L'effet de la censure, de la fatigue, de la lassitude après sept années de guerre.

Le garçon et la fille fuient la police et l'indifférence. Ils trouvent refuge dans une chambre mansardée, une pièce réduite à un lit et un vasistas, où ils peuvent à peine se tenir debout sans se cogner la tête. Tout les invite à rester couchés. Accolés, solidaires, frappés d'un besoin de se serrer très fort l'un contre l'autre, en quête d'apaisement, de chaleur, leurs corps se mêlent sans se soucier de ce que l'on appelle alors un « accident ». Lorsque, des semaines plus tard, ils quittent leur cachette, la camarade Sophie est enceinte.

> « *Elle alluma la télé, puis, sans la regarder,
> se dirigea vers la salle de bains.
> Le verre de vin, à moitié vide,
> était posé à côté du téléphone.* »

Je dois la vie à la Direction de la surveillance du territoire et au calendrier Ogino. Sans une erreur dans les calculs des jours de fécondité – cas fréquent durant cette période critique de l'histoire de la sexualité précédant de quelques années la légalisation des contraceptifs, et sans la capture dans la nuit du 9 au 10 novembre 1961 par des policiers de la Sûreté de Mohamed Zouaoui, alias Mustapha le Noir, ainsi que de trente et un autres activistes algériens et français, je n'existerais vraisemblablement pas.

Ma mère échappa à l'opération Flore. Après le démantèlement de la direction du FLN en métropole et la chute d'une partie de son réseau, elle plongea dans une quasi-clandestinité. Elle et mon père se cachèrent dans une soupente prêtée par une amie, rue de la Folie-Méricourt. Ils passèrent une partie de l'hiver blottis sous un toit de Paris, en évitant de sortir, sinon pour se ravitailler à l'épicerie du coin. C'est à ce moment décisif pour le couple encore balbutiant qu'ils formaient que j'ai été conçu.

Ils vécurent dans leur alcôve jusqu'au moment où, en l'absence de poursuite, de convocation ou de descente de la police au domicile de leurs parents respectifs, ils estimèrent le danger passé. Ils regagnèrent la rue de l'Abbé-Groult à tâtons et reprirent le cours de leur vie, sans faire de bruit, en évitant d'attirer l'attention sur eux. Ils se marièrent dans l'intimité à la mairie du quartier et, à l'exception de leur ami Jean-Claude, ne cherchèrent pas à renouer avec leurs copains de militance. Plus de journaux interdits, de lâcher de tracts ou de conciliabules à La Fourchette. Pour eux, la guerre d'Algérie était terminée six mois avant son dénouement. Ils ne furent que les lointains spectateurs de cette indépendance qu'ils avaient tant espérée.

Avant de disparaître, ma mère a-t-elle été repérée, prise en filature, talonnée par des hommes en pardessus ou en toute autre tenue, dans un Paris encore mystérieux, mal éclairé, non soumis au ravalement décennal obligatoire, et donc couvert de suie ? Ou alors pistée en voiture, par une fourgonnette Panhard bleu électrique, pareille à celles utilisées par les PTT, mais équipée, cette fois, de toutes sortes d'appareils d'écoute, un peu comme dans *Le Grand Blond avec une chaussure noire* ? Son appartement a-t-il été fouillé en son absence ? A-t-on ouvert son courrier à la vapeur ? Soudoyé sa concierge ? Interrogé ses voisins ? Placé ses parents sous surveillance ? En bref, son guetteur était-il une personne dépositaire de l'autorité publique ?

Si elle avait été identifiée par une police quelconque, il en subsisterait une trace écrite quelque part. Une fiche glissée dans une poche en papier kraft, avec son nom inscrit sur l'étiquette, suspendue à des rails, comme une chaussette sur un étendoir. Une note blanche, par exemple. Une page de format A4 dactylographiée et non signée, à l'instar d'une lettre anonyme, ou alors paraphée par de simples initiales. Voire quelque chose de plus consistant. Une chemise cartonnée contenant un tas de feuillets, rattachés par des trombones, avec sa photographie, son état civil, ses professions successives – « étudiante », « femme au foyer », « secrétaire », « cadre commercial », « au chômage » – et des formules toutes faites du genre « agitatrice bien connue de notre service » ou « un voisin nous a signalé son comportement suspect », ou encore « la nommée Fourchette fait certainement partie du groupe que nous recherchons », un véritable dossier que des agents zélés auraient continué à nourrir jusqu'à la fin, et transmis à d'autres collègues, à ceux, par exemple, chargés de la lutte contre les nationalistes basques. Parce que, dans ce monde-là, on ne clôt jamais complètement une affaire.

Je voulais lire son autre roman, celui dont elle était l'héroïne, rédigé cette fois par des inconnus et sur lequel devaient veiller avec un soin jaloux quelques bibliothécaires aveugles, au fond d'un dédale de couloirs et d'escaliers. Je me lançai dans une quête longue, laborieuse. La France, quand elle se tourne vers son passé, applique une règle simple qui la distingue de la plupart des autres démocraties occidentales : le black-out. Elle ne communique pas ses archives, sinon après un temps infini. Dans le cas du gouvernement de Vichy, elle vient tout juste d'ouvrir ses cartons. Pour les dossiers personnels, le délai a été récemment ramené de cent vingt à soixante-quinze ans. Si l'information touche à la « sécurité des personnes » ou relève de la défense nationale, il faut patienter un siècle. Comme toujours, on peut mendier une faveur, requérir un passe-droit, invoquer la littérature, brandir l'étendard de la liberté artistique, ajouter aussi une note personnelle, parler de sa mère avec l'accent d'un fils.

J'abordais un sujet sensible. « Oh, là, là ! Lorsqu'on parle de la guerre d'Algérie, tout le monde se met sous la table », me dit un jour l'un des gardiens des secrets poussiéreux de la République. On me renvoyait d'un bureau à un autre. Je voulus contacter la DST. Cette maison ayant cessé d'exister, je me tournai vers son héritière, la Direction générale de la sécurité intérieure. Un archiviste du ministère de l'Intérieur qui m'avait pris en pitié me suggéra d'écrire, non pas à ses homologues, à un dépôt, une bibliothèque ou un centre de documentation quelconque, organismes dont le contre-espionnage français paraissait dépourvu, mais à son « service chargé des affaires générales », place Beauvau. Un destinataire qui, comme son intitulé l'indiquait fort bien, semblait traiter de tout et de rien. « Je ne peux pas vous donner de nom, m'expliqua mon informateur, mais si vous écrivez à cette adresse, au moins votre demande arrivera au bon endroit. » Mon courrier resta sans réponse.

Un jour, une historienne me conseilla d'aller jeter un coup d'œil dans les archives de la préfecture de police de Paris, la série H, celle relative aux « événements », et plus exactement, dans l'une de ses sous-parties. Après des mois d'attente, ma demande de dérogation fut rejetée, suite au refus d'un des services concernés. Je refis une seconde tentative, et, un an plus tard, on me convia dans un bâtiment en verre, au Pré-Saint-Gervais. Un employé m'attribua une place et déposa devant moi une pile de documents. Quatre chemises de couleur grise, fermées par un cordon et sur lesquelles était écrit : « Opération Flore ».

« Fiches d'identification », « Fiches de renseignements », « Réseau de soutien logistique européen »… Des dizaines de fragments de vies étaient rassemblées pêle-mêle, telles des bougies par une nuit d'encre. Des adresses, 46, rue Godefroy-Cavaignac, 85, rue Charlot, 10, place d'Italie, des numéros de téléphone au charme modianesque, « Turenne 44 64 », « Molitor 52 00 », flanquées de minuscules apostilles : « Éventuelle nécessité », « Pour Octave », « Monsieur Jean ». Des observations : « Sa femme est allée en consultation chez un oculiste », « Le rédacteur en chef le tutoie », « A un fils aîné sorti huit jours auparavant d'un sanatorium et a pour liaison une femme ».

Des faits et gestes qui, dans un tout autre contexte, seraient apparus comme anodins trouvaient là des significations nouvelles. Les événements les plus banals prenaient une tournure étrange, et potentiellement suspecte. Les moindres paroles semblaient renvoyer à un langage codé. Comme cette annotation : « Bien récupéré deux oranges chez un Français communiste », ou encore : « Dr de B., 7, rue Monge. 5e étage, au-dessus de l'entresol ou 6e. Sonner trois fois, demander Suzanne d'Henri ». Il y avait aussi cette écoute téléphonique, un échange que ma mère aurait pu avoir avec l'un de ses supérieurs :

« Allô, Gérard ?

– Oui.

– C'est Paul, dis-moi, t'as lu le *France-Soir* d'hier ?

– Oui, bien sûr.

– Parce que, dans les autres journaux, ce n'était pas aussi complet.

– Dans *Le Figaro* d'hier matin, c'était pareil.

– Moui, mais on n'y parlait pas de…

– De qui ? De ton pensionnaire ?

– De quoi ? Tu n'as pas lu le gars qu'ils mettaient ?

– Mais ça n'a rien à voir, absolument rien. Ne t'affole pas.

– Ah bon, d'accord.

– Non, non, c'est une coïncidence de noms, c'est tout. »

Les « comptes rendus de surveillance » suscitaient un malaise par leur précision et leur vacuité. « 11 h 10, Pivoine sort de son domicile et se rend avenue Aristide-Briand à Antony […], 16 h 50, prend un taxi et se fait déposer non loin du 7, rue Molière à Boulogne-Billancourt. » « 12 h 15, sortie de Messine avenue de Messine en compagnie de Kilipac P4. Pénètrent toutes deux au café-bar Haussmann, 46, avenue Laborde. » « 16 h 50, Zouaoui fait beaucoup de gestes. Son interlocuteur se montre très méfiant. 17 heures, en conversant, ils se dirigent vers Passy. »

Ils étaient tous présents. Pierre-Jean Oswald, l'éditeur de poésies et de quelques appels à l'insoumission, Barbier le libraire, Poucette, l'amie de celle-ci, dactylo aux usines Renault, Mohamed Zouaoui, ses principaux lieutenants, sa maîtresse surnommée « la bourgeoise », ses voisins de l'impasse des Deux-Anges, et bien d'autres. Mais pas ma mère. Son nom, son adresse ne figuraient nulle part. Pourtant, ses pas avaient dû croiser les leurs. Elle faisait partie de la ronde, elle aussi. Peut-être était-elle passée entre les mailles du filet ? Les flics n'explorent pas chacune des voies qui s'offrent à eux, ils se lassent, finissent par lâcher leur proie, rentrent chez eux, vont boire un demi, et inventent une excuse. Malgré les aléas de leur métier, les guetteurs en trench-coat respectent des horaires quasi syndicaux. Comme par hasard, ils entament leur surveillance vers 10 heures du matin et la suspendent autour de 18 heures : avant et après, la suspecte est soit « perdue », soit « rentrée chez elle se coucher », soit devenue si méfiante, au point « de se retourner fréquemment dans la rue », qu'il est préférable de la laisser filer.

Ma mère n'était pas la seule à manquer au tableau. Curieusement, son pensionnaire, Madjoub Benzarfa, semblait avoir lui aussi échappé à ses suiveurs. Le rapport de synthèse, rédigé par un commissaire de la DST, à l'issue de l'opération Flore, mentionnait bien son rôle dans la découverte de Mohamed Zouaoui et la chute du réseau. Les policiers savaient tout de lui : son activité au sein du Parti communiste algérien, ses fréquents voyages dans les pays de l'Est, ses fonctions de propagandiste, mais je ne trouvais aucune trace de la surveillance dont il avait été l'objet. Les allées et venues de chacun de ses compagnons étaient rapportées avec minutie. Dans son cas, rien. Pas de fiche de filature. J'espérais y trouver les détails de ses visites au 59, rue de l'Abbé-Groult, et, surtout, la preuve que ma mère avait bel et bien été espionnée. Cette pièce essentielle manquait. Elle avait été omise, égarée, détruite ou expurgée du dossier. Il reste enfin la possibilité pour le moins troublante qu'elle n'ait jamais existé.

Madjoub Benzarfa fut libéré avec tous les autres détenus algériens après la signature des accords de paix, en mars 1962. À sa sortie de la prison de Fresnes, il rendit visite à mes parents pour les remercier et leur dire adieu. Assis à l'endroit même où il rédigeait ses communiqués, il papota de choses et d'autres, évita d'aborder le passé, évoqua l'avenir de son pays qu'il espérait radieux ou à défaut paisible et disparut ensuite de leur vie.

L'objectif sort du commissariat et répond d'une main distraite au salut d'un képi noir abrité derrière des sacs de sable. Son arme de service dessine un léger bourrelet à la hauteur de la pochette de sa veste. Il fume des Bastos, une habitude contractée, sans doute, en Algérie et porte un chapeau de feutre. Il descend l'avenue Victor-Cresson sans se presser avec le pas léger d'un homme qui vient de terminer une journée de labeur. Elle le laisse prendre de l'avance. Circulation fluide, voie bien dégagée, peu de passants, météo clémente. Aucun risque de le perdre de vue.

Guidée par cette ombre fugitive, ce dos gris et mouvant, elle plonge dans un état voisin de l'hypnose. Elle avance d'un pas mécanique, elle évolue comme dans un rêve, plutôt un polar. Elle joue. Elle mime une scène vue mille fois au cinéma ou applique un maigre savoir acquis dans les livres à la couverture jaune et noir qui peuplent ses nuits. Ne pas être trop près, ni trop loin de l'objectif, ne pas croiser son regard, calquer ses pas sur le sien, rester naturelle. S'il fait demi-tour, surtout, poursuivre sa route comme si de rien n'était. Afin de modifier son apparence, elle arbore des lunettes et une perruque blonde coupée au carré, façon box comme Jackie Kennedy.

Soudain, alors qu'il approche d'une station-service, elle le sent sur ses gardes. Il a l'œil aux aguets, se retourne, comme s'il traversait un territoire hostile. Va-t-il alpaguer quelques passants ? Redoute-t-il un mauvais coup ? La vengeance d'une de ses victimes ? L'objectif est connu pour ses excès de zèle, de préférence quand il n'est pas en service, ses contrôles au faciès à la sortie des usines et ses visites inopinées dans les troquets et les garnis nord-africains.

Non, l'objectif ne prévoit pas une dernière ronde avant de rentrer chez lui. Il se dirige vers le métro et disparaît sous terre. Elle accélère, le rattrape dans l'escalier, passe devant lui et parvient la première sur le quai. Elle ne veut pas se retrouver bloquée derrière le portillon au moment de l'arrivée du train. Elle monte avec lui dans la voiture de tête. Il lui tourne le dos. Assis indûment à la place réservée aux mutilés de guerre, dans le sens contraire de la marche, il se plonge dans la lecture de *L'Aurore*. La situation est grave, comme en témoigne la grosseur des titres du journal. Aurons-nous la guerre atomique en 1961 ? Les auteurs de l'attentat contre le général de Gaulle déférés devant la justice. Tuerie à coups de bûche à Coulommiers. Révolte kurde en Irak. Un article consacré à « la volte-face de la princesse Grace » retient plus particulièrement son attention. Debout, appuyée sur la barre centrale, elle observe son reflet dans la vitre. Petit, des cheveux couleur ébène, une fine moustache, des sourcils bien dessinés, un air espagnol. Vraisemblablement, un pied-noir. Un bruit d'essieux et une gerbe d'étincelles marquent l'entrée dans la station.

En se levant, il la remarque enfin et porte un regard appuyé sur le pantalon corsaire qui lui moule les fesses. Il glisse son journal dans sa poche et descend sur le quai. Les voilà à Convention. Pas loin de chez elle. Elle note la coïncidence. Serait-il un voisin ? Elle sort en dernier, bouscule les passagers qui tentent de monter, essuie des manifestations de mauvaise humeur, le cherche des yeux dans la foule et attend un instant avant de se remettre dans son sillage. Elle aime marcher pendant des heures, errer sans fin, sans trop savoir où aller. Elle ne trouve la paix que dans le mouvement.

Elle a pris de l'assurance, elle avance désormais d'un pas souple, comme une danseuse, au risque de serrer son objectif de trop près, tout en pensant au rapport qu'elle remettra à ses commanditaires. Aux observations qu'elle fera sur lui, son comportement, ses habitudes, du moins celles qu'elle lui prête. Elle tente de se souvenir du parcours qu'il a suivi, de tous ses va-et-vient dans les rues de Paris qu'elle reconstituera fidèlement sur un plan. Elle se dit qu'elle tient sa vie entre ses mains. Il lui suffit d'introduire une erreur dans son itinéraire, de le faire aller à droite, plutôt qu'à gauche, pour l'épargner.

Il pénètre dans un immeuble moderne de onze étages, baptisé « Les Jonquilles » malgré l'absence d'un quelconque parterre de fleurs. Quittant sa démarche somnambulique, elle renonce à le suivre dans l'entrée principale à cause de la présence de la gardienne. Elle se contente d'observer la façade en béton cru et ses petits alvéoles. Le nez en l'air, elle se laisse aller à quelques réflexions sur l'existence humaine mise en boîte, puis, au bout de quelques minutes, note dans un coin de sa mémoire que l'appartement à l'extrémité gauche du sixième étage, escalier B, vient de s'allumer.

Il tombe maintenant une petite pluie fine et morne qui semble ne devoir jamais finir. Les gens, les arbres maigres, les immeubles deviennent encore plus lointains, plus insulaires, ombres grises se fondant dans le brouillard humide. Elle redoute ce temps qui la met mal à l'aise. Le cou rentré dans les épaules, elle resserre d'un geste maussade le col de son manteau et se prépare à une longue attente dans l'obscurité de la rue.

Il lui reste les jumelles. Au bout de ses verres grossissants, l'objectif modifie insensiblement son comportement, tel un animal pris dans le pinceau des phares. Ses gestes se font gauches, son visage se crispe, comme s'il subissait de mauvais gré sa volonté à distance.

Épilogue

Et si le guetteur, c'était elle ? Elle, la militante dévouée, lancée à la poursuite d'un tortionnaire ou présumé tel, attelée à ses pas, retenue à lui par un joug invisible, réglant sa vitesse sur la sienne, soumise à son rythme, à son souffle, à tout ce qui, dans la rue, est susceptible de le distraire, un mannequin dénudé en devanture, le passage d'un avion dans le ciel, une pub, l'affiche de Moulinex, par exemple, celle qui « libère la femme », et ce pendant des heures, voire des jours, au point d'avoir l'impression de le connaître, de faire partie de sa vie, tout en étant prête à le livrer à ses assassins, à déterminer le lieu et l'heure de sa mort, par obéissance à un ordre auquel elle ne peut se soustraire, ou dans l'ivresse du moment, emportée par un sentiment de toute-puissance ?

Avait-elle suivi un policier à Issy-les-Moulineaux ou ailleurs ? Je n'en ai aucune idée. J'ignore même si le FLN a exécuté sa sentence. Mais ma mère, alors seule à Paris durant presque tout un été, laissée à elle-même dans son petit studio et sous l'influence de son pensionnaire ou de l'un de ses chefs, aurait pu le faire. La connaissant, elle dut même s'y préparer. Avant de réaliser son projet, elle le conçut, au moins mentalement. Dans le secret de ses pensées, libérée de tout jugement éthique, elle en visualisa chaque détail, elle soupesa les risques, échafauda des hypothèses, envisagea des positions de repli. Elle dut bâtir dans sa tête un scénario ou son ébauche, elle en imagina la charpente, en brossa les contours à grands traits, et s'arrêta au bout de quelques pages.

Au-delà de son caractère incriminant et de ses implications morales, la proposition ne pouvait que la séduire. Elle en prédatrice, sur les traces d'un homme. La scène faisait d'elle une femme d'action et inversait l'ordre habituel des facteurs, selon la fameuse dialectique de l'arroseur arrosé. Le chasseur et sa proie, le surveillant et le surveillé, le sujet et l'objet, le regardant et le regardé, autant de rôles réversibles à l'infini. Elle enfin invisible. Et lui, réduit à son image. Elle le fixant, elle le tenant au bout de son regard.

Tous ces yeux qui s'entrecroisent devaient lui rappeler *Les Ménines* de Vélasquez, l'un de ses tableaux préférés qui la renvoyait à ses obsessions : l'artiste, sa palette et son pinceau à la main, en pleine inspiration, le geste suspendu ; à gauche, son public, l'infante et sa suite, les filles de compagnie, la duègne, la religieuse et une naine de cour en robe noire ; derrière lui une glace au mur où se réfléchissent des silhouettes, celles de ses modèles, le roi et la reine en majesté, tels deux fantômes, l'illusion du pouvoir, et, à côté, dans un couloir inondé de lumière, un témoin anonyme. Tous réunis, comme par magie, par un procédé de mise en abyme, un effet d'optique mêlant le reflet du miroir et la profondeur de champ, tous permutables. Le mystérieux visiteur, planté au milieu de la toile, c'est l'œil de la caméra, c'est tout un chacun. C'est le spectateur pris à son tour dans les faisceaux convergents des regards. « Les yeux du peintre le saisissent, le contraignent à entrer dans le tableau », écrit Michel Foucault dans *Les Mots et les Choses*.

Je me sentais moi-même enfermé dans une combinaison étrangement semblable, attiré malgré moi dans ce palais des glaces. Ma mère m'avait aspiré dans son puits sans fond. Elle m'avait entraîné avec ma sœur dans son univers rétinien, un espace clos et aveugle où elle voyait et croyait être vue. Durant notre enfance, elle vivait déjà partiellement cachée. Elle sortait à découvert toujours avec réticence, à des horaires décalés, elle nous soustrayait à des regards qu'elle fuyait et qu'elle désirait, redoublant sur nous leur pouvoir hypnotique. Elle nous faisait partager ses blessures visuelles, ses images qui n'existaient pas. Son œil n'était jamais nu, jamais complètement au repos. Perdue dans un monde invisible, elle avait, avec nous, le regard ailleurs, elle nous opposait des paupières closes. Et moi, je l'observais, j'attendais de sa part un signe, une approbation qui ne venait pas. J'essayais de gagner sa confiance et de percer son mystère. Je n'ai jamais cessé de la guetter.

*Cet ouvrage a été composé
par Nord Compo à Villeneuve-d'Ascq (Nord)
et achevé d'imprimer en France
par CPI
pour le compte des Éditions Stock
21, rue du Montparnasse, 75006 Paris
en août 2018*

Stock s'engage pour
l'environnement en réduisant
l'empreinte carbone de ses livres
Celle de cet exemplaire est de :
900 g éq. CO₂
Rendez-vous sur
www.editions-stock-durable.fr

PAPIER À BASE DE
FIBRES CERTIFIÉES

Imprimé en France

Dépôt légal : août 2018
N° d'édition : 02 - N° d'impression : 3030244
84-51-2041/6